connaissance
D'UNE ŒUVRE

Voltaire

L'INGÉNU

Paule ANDRAU
AGRÉGÉE DE LETTRES CLASSIQUES
PROFESSEUR DE CHAIRE SUPÉRIEURE

Bréal éditions
1, rue de Rome - 93561 Rosny Cedex

ISBN 2 84291 956 4

AVANT-PROPOS

L'Ingénu de Voltaire a la particularité de se situer dans une période où son auteur, désormais reconnu dans toute l'Europe comme un chantre des idées nouvelles, touche à l'aboutissement de sa quête philosophique. L'œuvre condense une sagesse édifiée par la réflexion très personnelle des contes précédents, *Zadig*, *Micromégas* et *Candide*. C'est aussi dans la lutte pour le progrès, soutenue par la participation de Voltaire à l'*Encyclopédie*, et l'engagement du *Traité sur la tolérance* et du *Dictionnaire philosophique* que cette sagesse s'est construite. Par sa datation, 1767, l'œuvre est au confluent de deux mouvements propres au XVIIIe siècle : la philosophie des Lumières, et une sensibilité nouvelle qui fait la part à l'émotion. *L'Ingénu* illustre cette réconciliation du cœur et de l'esprit, en se proposant comme un conte philosophique et en s'achevant comme un roman sensible.

Les « Repères » situent l'œuvre dans un contexte historique et littéraire dont Voltaire se fait le témoin, dans une quête du sens commencée vingt ans plus tôt, et qui cherche à résoudre l'apparent affrontement entre Nature et Société.

L'« Étude du texte » analyse les aspects constitutifs du conte : structure, personnages, dynamique ; c'est aussi le moment de s'interroger sur la mutation du conte.

Les « Thèmes » et motifs récurrents de l'œuvre permettent de mesurer sa vocation polémique, par la satire politique et religieuse qu'elle développe, mais aussi sa dimension didactique, puisque le conte est une propédeutique au savoir-vivre choisi par Voltaire. Cette partie sera l'occasion de souligner la complexité du conte se transformant en roman.

Les « Échos et correspondances » permettent de démontrer l'actualité de l'œuvre voltairienne : elle s'attache aux thèmes et aux modes d'expression essentiels à son temps, mais elle pose également des questions intemporelles, sur lesquelles se penchent encore la littérature et les sciences humaines de la modernité.

Nous nous référons dans le commentaire à l'édition Garnier-Flammarion de *L'Ingénu*.

Les mots signalés par un astérisque sont définis dans le lexique, en fin d'ouvrage.

SOMMAIRE

1

REPÈRES

1 - CONTEXTE HISTORIQUE ET LITTÉRAIRE

■ La diversification des régimes politiques

À l'orée du XVIIIe siècle, l'Europe connaît de profonds bouleversements politiques : si demeurent des monarchies de droit divin au catholicisme exclusif, comme l'Espagne et la France, des régimes plus libéraux sont apparus en Hollande, en Allemagne du Nord et en Angleterre, où le pouvoir exécutif est équilibré et contrôlé par des structures parlementaires. Ces régimes associent à la conduite des affaires les promoteurs de leur richesse économique : bourgeois et marchands, artisans et grands propriétaires terriens. Des penseurs comme Montesquieu, avec *De l'esprit des lois*, et Voltaire, avec les *Lettres philosophiques*, se tournent vers l'Angleterre, monarchie constitutionnelle fondée sur la Charte (contrat entre la nation et le gouvernant) pour y trouver des modèles novateurs : séparation des pouvoirs, reconnaissance des droits imprescriptibles de la personne humaine, dissociation du politique et du religieux amenant à la coexistence pacifique de diverses confessions dans un même État. Rousseau, héritier de la république de Genève, cherche à jeter les bases d'une démocratie égalitaire, avec *Du contrat social*: une société sans castes, reposant sur l'effacement consenti de l'intérêt privé au profit de l'intérêt commun, le contrat entre les citoyens et les représentants de la nation, qui fait des premiers les juges des seconds.

Voltaire, durant toute sa vie, est confronté à l'arbitraire du pouvoir politique. En France, Louis XV tantôt l'exile (1726-1728, séjour forcé en Angleterre), tantôt l'adule: de 1744 à 1746, il est protégé par Madame de Pompadour, maîtresse du roi, et devient historiographe, académicien et poète officiel, avant de tomber à nouveau en disgrâce. Désabusé, le philosophe cherche en Frédéric II de Prusse le modèle du despote éclairé qui ferait du pouvoir politique le garant des libertés individuelles et le moteur du progrès, mais une déception l'attend. Il croit alors trouver dans la république de Genève le régime idéal, protecteur de la pensée libre, mais, réfugié en Suisse de 1753 à 1757, il y est finalement déclaré indésirable. Désormais, pour celui qui est interdit de séjour aussi bien en France qu'en Prusse et en Suisse, le combat philosophique devient une entreprise que les régimes et les hommes politiques ne doivent plus entraver: à Ferney, où il séjourne de 1760 à1778, Voltaire trouve la sécurité qui le soustrait aux dépendances de toutes sortes.

■ Le monde de Voltaire

Dans le tableau suivant, qui nous permet de comprendre la place de l'œuvre et de la pensée voltairiennes au sein du XVIIIe siècle, nous avons délibérément choisi d'écarter de nos repères la production théâtrale de l'auteur et du siècle. Il s'agit de concentrer l'attention sur les échos qui s'instaurent entre la création voltairienne et les réalités politiques et sociales, les spéculations philosophiques et les œuvres littéraires de l'époque. Nous avons donc souligné, dans le tableau, les œuvres de Voltaire de façon à signaler, chaque fois que cela est possible, la convergence entre l'actualité politique et littéraire et la production de l'auteur. Ainsi apparaît déjà la conception que Voltaire se fait du philosophe : homme de son temps, homme d'action militant pour des idées neuves, mais aussi lecteur averti et assidu des penseurs qui l'ont précédé et de ses contemporains, pour en tirer une synthèse personnelle et éclairante sur les quêtes humaines universelles.

Le conte philosophique*, nourri des penseurs étrangers et français, enrichi de l'évolution du genre narratif, constitue un moyen d'expression polyvalent qui restitue les étapes de la pensée voltairienne.

Repères historiques	Littérature française	Littérature étrangère
1715 Mort de Louis XIV La Régence		
		1719 Defoe, *Robinson Crusoe*
	1721 Montesquieu, *Lettres persanes* ; Lesage, *Gil Blas*	
1723-1774 Règne de Louis XV		
		1725 (-1744) Vico, *La science nouvelle*
		1726 Swift, *Les voyages de Gulliver*
	1731 Marivaux, *La vie de Marianne* ; Prévost, *Manon Lescaut* ; **Voltaire, *Histoire de Charles XII***	

		1733 Pope, *Essai sur l'homme*
	1734 **Voltaire, *Lettres philosophiques***; Marivaux, *Le paysan parvenu*	
	1735 Lesage, *Gil Blas* (X-XII)	
	1736, **Voltaire, *Le Mondain***	
	1739 (-1745) **Voltaire, *Discours sur l'homme***	1739 Hume, *Traité de la nature humaine*
1740-(1786) Règne de Frédéric II de Prusse.		1740 Richardson, *Paméla*
		1741 Hume, *Essais moraux et politiques*
		1742 Fielding, *Joseph Andrews*
	1746 Condillac, *Essai sur l'origine des connaissances humaines*	
		1747-48 Richardson, *Clarisse Harlowe*
	1748 Montesquieu, *De l'esprit des lois*; **Voltaire, *Zadig ou la destinée***	1748 Hume, *Essai de l'entendement humain*
	1749 Diderot, *Lettre sur les aveugles* (-1789) Buffon, *Histoire naturelle*	1749 Fielding, *Tom Jones*
	1750 **Voltaire, *Micromégas***	
		1751 Hume, *Essai sur les principes de la morale*
	1754 Condillac, *Traité des sensations*	

1755 Désastre de Lisbonne		1755 Kant, *Histoire naturelle générale et théorie du ciel*
1756-63 Guerre de Sept ans	1756 **Voltaire, *Poème sur le désastre de Lisbonne*, *Essai sur les mœurs***; Rousseau, *Lettre à Voltaire sur la providence*	
	1758 **Voltaire, *Candide***; Helvétius, *De l'esprit*	
1759 Expulsion des Jésuites du Portugal	1759- (1781) Diderot, *La Religieuse*	
1761 Condamnation de la doctrine d'Ignace de Loyola, fermeture des collèges jésuites	1761 Rousseau, *La Nouvelle Héloïse*	1761 Mendelson, *Du Sublime et du naïf dans les beaux-arts*
1762 Affaire Calas. Autodafé de *L'Émile*	1762 Rousseau, *Du contrat social*, *L'Émile*	
	1763 **Voltaire, *Traité sur la tolérance***	
1764 Expulsion des Jésuites	1764 **Voltaire, *Dictionnaire philosophique***	1764 Walpole, *Le château d'Otrante*; Kant, *Observation sur le sentiment du beau et du sublime*
1765 Réhabilitation de Calas	1765 Rousseau, *Les Confessions* (I-VI); Diderot, *Jacques le fataliste*	
	1767 **Voltaire, *L'Ingénu***	
	1769 Quesnay, *La Physiocratie**; Diderot, *Le rêve de d'Alembert*	
	1770 D'Holbach, *Système de la nature*; Rousseau, *Les Confessions* (VII-XII)	

1774 Émeutes de la faim		1770-1775 le Sturm und Drang en Allemagne
	1773 D'Holbach, *La politique naturelle*	
1774-93 Règne de Louis XVI		1774 Goethe, *Les souffrances du jeune Werther*
1776 Indépendance des États-Unis d'Amérique		
		1778 Hume, *Dialogues sur la religion naturelle*
		1781 Kant, *Critique de la raison pure*
1789 Révolution française		

▪ Le Siècle des lumières

Le XVIIIe siècle ouvre une ère de liberté intellectuelle. Appuyés sur les leçons du cartésianisme, postulant la force de la raison émancipée du joug de la tradition, les auteurs français passent les institutions, les croyances, les connaissances au crible de la critique. En 1724, Montesquieu, dans les *Lettres persanes*, inaugure la satire du pouvoir royal et de la religion chrétienne. Dix ans après, il est suivi par Voltaire dont les *Lettres philosophiques* imposent le modèle anglais. Montesquieu prépare avec *De l'esprit des lois*, vaste panorama analytique de tous les régimes politiques connus, la voie à la théorie du contrat, héritée des auteurs anglais et reprise par Rousseau avec *Du contrat social.* Précurseur, avec Bayle et Fontenelle, dans la lutte contre les superstitions, les dogmes qui asservissent la pensée humaine, il annonce le déisme* de Voltaire, libéré des Églises, et sa lutte contre tous les fanatismes. Il préfigure également la religion naturelle chez Rousseau, la « Profession de foi du vicaire savoyard » (L, IV de l'*Émile*) et le choix de l'athéisme fondé sur une connaissance éclairée chez D'Holbach, dans *Le Système de la nature* en 1770. Nourris de la lecture des penseurs anglais, Locke, Newton, Pope et Hume, les philosophes des Lumières entreprennent de répertorier les connaissances physiques révolutionnées par Newton en participant à l'aventure de l'*Encyclopédie*. De 1750 à 1772, ils se livrent à la récollection de tout ce qui est connu, ils redéfinissent la place de l'homme dans le monde à la lumière des œuvres de Hobbes, *Léviathan*, de Hume, qui poursuit avec *Essai sur l'entendement humain* la réflexion de Locke (*Essai sur l'entendement humain*, en 1690). Au-delà, l'esprit critique s'attaque à des questions immémoriales : Spinoza avec *L'Éthique*, Pope avec l'*Essai sur l'homme*, Hume avec son *Traité de la nature humaine*, Locke avec sa *Lettre sur la tolérance*, et Leibnitz avec *La Monadologie*, ouvrent à la spéculation philosophique les domaines de la morale et de la métaphysique*.

2 - VOLTAIRE (1694-1778)

■ Un personnage

On a souvent dit qu'il incarnait à lui seul le Siècle des lumières. Sans doute est-ce dû à sa longévité exceptionnelle : ses idées, ses œuvres marquent de leur empreinte cinquante ans d'histoire littéraire, dans une période particulièrement créative et bouillonnante. Elles déterminent l'histoire future de la France et des peuples ; la Révolution française, l'idéal des droits de l'homme et du citoyen, la conception de la démocratie moderne et toutes les guerres d'indépendance.

Acteur et témoin de son temps

Né sous le règne de Louis XIV, dont il s'est fait l'historien, Voltaire a dix-neuf ans à la mort de celui-ci, en

1715. Issu de la bourgeoisie parisienne, doté d'une culture solide et raffinée grâce à ses études chez les jésuites, Voltaire sera toute sa vie le témoin et l'acteur privilégié de son temps. Acteur, dans la mesure où son refus des privilèges, sa liberté de ton et son indépendance naturelle en feront la cible de tous les pouvoirs arbitraires, mais aussi le dénonciateur de toutes les injustices et de toutes les oppressions. Témoin, car tout dans ce qu'il côtoie ou subit est source d'observation, de réflexion, de propositions visant à améliorer le sort de l'individu.

Il est l'homme des paradoxes ; deux séjours à la Bastille et l'exil londonien de 1726, au lieu de le ramener à la sagesse, lui inspirent un manifeste révolutionnaire : les *Lettres philosophiques*, où l'éloge des institutions de l'Angleterre suggère un absolu réquisitoire contre la monarchie et la noblesse françaises. Il s'enferme avec Madame du Châtelet, son amie de cœur et d'esprit, au château de Cirey, en Lorraine, pour y goûter les joies de l'étude. Il croit trouver la paix dans la création théâtrale et les réflexions scientifiques, mais en 1736 la publication du *Mondain* et son apologie d'une liberté allant jusqu'au libertinage suffit à réveiller contre lui les foudres des censeurs et du pouvoir. Rentré en grâce après du roi, il croit pouvoir devenir mondain et courtisan, mais en 1748, *Zadig* trahit sa désillusion et donne lieu à une cruelle satire de Versailles. Celui qui incarnera pour toutes les générations la quintessence de l'esprit français, brillant et frondeur, se trouve désormais interdit en France et devient embarrassant pour ceux qui l'accueillent.

La retraite paradoxale

Il constitue un puissant révélateur, qui projette à la face du monde la réalité des hommes et des nations, malgré eux et souvent malgré lui : ainsi en va-t-il de la médiocrité de la cour de Lorraine (1747-50), du caractère chimérique d'un despotisme éclairé* qu'il a cru déceler en Frédéric II (1750-53) et qui se révèle totalitaire, de l'étroitesse d'esprit des pasteurs genevois qu'il a pris, quelque temps, pour de vrais philosophes. Mais ces déboires ne réduisent pas sa créativité, bien au contraire : du *Siècle de Louis XIV* à *Candide*, essais, contes et pamphlets* se nourrissent de cette confrontation à l'incompréhension et de ces constats limitatifs. Voltaire est par là plus présent en France que s'il y séjournait.

La revendication de cette tension inhérente à Voltaire apparaît dans la contradiction qu'instaure la retraite à Ferney : Voltaire peut y apparaître comme un propriétaire retranché du monde, tout entier préoccupé du bien-être et de l'enrichissement de la petite communauté qui l'entoure, mais si « l'Europe des pouvoirs » l'a exclu, « l'Europe de la pensée » le plébiscite et se trouve constamment liée à lui par une correspondance fournie, avec d'Alembert, Helvétius et Condorcet, qui participent à l'*Encyclopédie* de Diderot. Il accueille également d'innombrables visiteurs, et acquiert par là une audience universelle qui lui donne autorité et le pose en défenseur des droits de l'homme, en particulier dans la lutte contre les jésuites et le Journal de Trévoux, dans l'Affaire Calas, et celle du Chevalier de la Barre.

■ Un contre-pouvoir

Abstraction faite de sa production dramaturgique, qui fit pourtant son succès en son temps, l'œuvre de Voltaire témoigne d'un regard plein de discernement sur la confusion d'une époque, fait entendre une voix puissante dans la bataille philosophique, et s'enracine dans une action constante qui fait de son auteur un contre-pouvoir reconnu de tous.

Un regard

Voltaire porte sur son temps un regard d'historien : auteur de *L'histoire de Charles XII* en 1731, du *Siècle de Louis XIV* en 1751 et de l'*Essai sur les mœurs* en 1756, il ne se contente pas d'analyser le passé. Il applique à son époque sa démarche critique et inscrit dans une continuité historique les objets de sa dénonciation : l'évolution politique et institutionnelle de l'Angleterre depuis le XIIIe siècle lui permet de condamner l'immobilisme français replié sur l'absolutisme*, la centralisation, et la religion d'État dans les *Lettres philosophiques.* La démonstration des abus de l'Église dans *Candide* s'appuie sur l'histoire de l'Inquisition en Europe, tribunaux d'église, autodafé*, persécutions, et sur celle de la conquête en Amérique : colonies mises en place par les jésuites, exploitation des autochtones et des ressources naturelles, conversions forcées. *L'Ingénu*, par le choix de sa datation, souligne la volonté d'introduire l'analyse historique dans l'œuvre : écrite en 1767, l'œuvre relate une aventure qui débute le 15 Juillet 1689. Accusation portée contre le pouvoir exorbitant des jésuites au siècle précédent, elle s'inscrit dans l'histoire de leur défaite, contemporaine à Voltaire.

Une voix

S'il décode son temps grâce à son regard d'historien, Voltaire est aussi une « voix » qui domine tout son siècle : il est essentiellement pamphlétaire, que ce soit dans ses contes philosophiques, dont il refuse d'endosser la paternité, ou dans ses innombrables libelles* qu'il attribue à des auteurs de fantaisie, comme le *Rescrit de l'empereur de Chine*, ou le *Plaidoyer pour Genest Ramponneau, cabaretier à la Courtille.* Il ferraille contre les ennemis des philosophes, Fréron (*L'Écossaise*, 1760), Le Franc de Pompignan (*La Vanité,* 1760) et surtout les auteurs du Journal de

Trévoux qu'il ridiculise dans *Relation de la maladie… du jésuite Berthier* en 1759, et dans la *Canonisation de Saint Cucufin* en 1769. Il s'en prend aussi aux Français et à leurs défauts notoires dans le *Discours aux Welches* en 1764, et traite, de 1756 à 1777, dans de multiples *Discours philosophiques*, de toutes les questions débattues par les philosophes des Lumières. Sa verve et son impertinence jouent un rôle éminent dans la diffusion et la réception des idées pré-révolutionnaires.

Une action

Malgré son éloignement de Paris, Voltaire est un militant actif des droits de l'homme : indigné par l'injustice faite à Calas, tenu pour responsable de la mort de son fils trouvé pendu dans sa maison, et réfutant par de nombreux libelles la condamnation à mort et l'exécution de celui-ci, Voltaire se bat pour obtenir la réhabilitation de Calas et de sa famille. Il l'obtient en 1765, mais élargit dès 1763 dans *Traité sur la tolérance* sa réflexion à toutes les formes de ségrégation et de violence religieuses et sociales. Il devient alors l'avocat des déshérités : défenseur des Sirven, protestants injustement accusés du meurtre de leur fille, réclamant la révision de l'affaire du chevalier de la Barre, accusé de sacrilège contre la foi par ses actes et ses paroles (il aurait juré devant une procession, mutilé un crucifix, mimé une messe noire), il plaide la cause des serfs du Jura contre leurs maîtres et obtient la réhabilitation de Lally-Tollendal, exécuté sans jugement pour trahison.

Enfin, la volonté de vulgariser les principes des Lumières fait de Voltaire, avec le *Dictionnaire philosophique*, un médiateur efficace : ses articles très divers constituent par leur densité et leur ton enlevé un « abécédaire » plaisant des thèmes de prédilection de la propagande voltairienne. Enseignement philosophique, critique religieuse, politique et sociale, refus des superstitions, des fanatismes et des injustices composent un humanisme cartésien et progressiste* qui justifie la modernité de Voltaire.

3 - *L'INGÉNU* DANS LES CONTES PHILOSOPHIQUES DE VOLTAIRE

■ La place de *L'Ingénu*

La synthèse voltairienne

L'Ingénu prend place dans la dernière période de la vie de Voltaire : retiré à Ferney depuis 1760, il voit l'Histoire donner raison à ses combats et à ses intuitions. Les jésuites sont désormais au ban de l'Europe et les fanatismes sont battus en brèche dans les textes, par le *Traité sur la tolérance*, le *Dictionnaire philosophique*, la mise à bonne fin de *l'Encyclopédie*, mais aussi dans les actes, avec la réhabilitation de Calas en 1765.

Sa conception d'une économie rationalisée à l'origine de l'élévation du niveau de vie, et par là d'un meilleur accès au savoir et d'une promotion sociale, se trouve théorisée par Quesnay, dans *La Physiocratie* en 1769, tandis que sa foi dans une société laïque et libérale est défendue par D'Holbach dans le *Système de la nature* en 1770 et *La Politique naturelle* en 1773. Désormais à l'abri des persécutions, écouté en Europe comme un maître, Voltaire semble, avec *L'Ingénu*, parvenir à une réconciliation et à un dépassement des contradictions qui l'habitent. Ses contes philosophiques hésitent entre la foi en une condition humaine libérée par l'empirisme* et la science, qui permet à l'homme de comprendre ses limites comme dans *Micromégas*, et le constat pessimiste d'une humanité livrée à l'injustice du monde et au caprice de la destinée, que l'on retrouve dans le *Monde comme il va*,

Zadig et *Candide*. Voltaire inscrit dans ces œuvres le cheminement personnel qui l'a conduit à nuancer son idéal.

Une morale de l'acceptation du monde

Si la science ne peut sauver l'homme du mal à l'œuvre dans le monde, du moins peut-elle le conforter dans une acceptation sereine de sa médiocrité. Babouc, dans *Le monde comme il va*, disait « Tout est passable », Candide proposait comme leçon de vie de « cultiver notre jardin » ; l'Ingénu, rendu à la civilisation par l'étude, endure avec grandeur d'âme les souffrances de sa destinée et, désormais « guerrier et philosophe intrépide », rentre dans le monde sous le nom d'Hercule de Kerkabon. Les deux maximes finales du conte, « Le temps adoucit tout » et « Malheur est bon à quelque chose » (p. 381), montrent, chez Voltaire, une morale de la lucidité et de l'acceptation. La connaissance est nécessaire pour perfectionner la nature en l'homme, comme le démontrent les chapitres XI, XII et XIV de *L'Ingénu*, où le contact du savant Gordon et son programme de lectures transforment définitivement le « Huron » et en font un philosophe : « Ce n'est plus le même homme ; son maintien, son ton, ses idées, son esprit, tout est changé. Il est devenu aussi respectable qu'il était naïf et étranger à tout », (ch. XIX, p. 371). Mais la science et la philosophie ne libèrent pas de l'injustice du monde et des vicissitudes de la vie : passé par la terrible épreuve de la perte de ses illusions et de l'être aimé, le « Huron » ne se mure pas dans sa douleur et ne se réfugie pas dans un monde clos comme Candide. Sa sagesse, enrichie par l'expérience de l'épreuve et acceptant les mystères de la condition humaine et sociale, fait de lui un acteur du monde, « un guerrier ».

■ Une continuité : jeu d'échos et thèmes récurrents

Comme les autres contes, *L'Ingénu* présente les moyens que Voltaire met en œuvre pour vulgariser sa réflexion philosophique : la fable, le héros, la quête.

La fable, moyen d'investigation

Voltaire utilise la fable, pensée sauvage et naïve, mode d'expression et de pensée en apparence contraire au credo des Lumières, pour en faire le lieu des premiers efforts de la raison. Le merveilleux de *Micromégas*, qui amène sur terre l'habitant de Sirius et le nain de Saturne, l'orientalisme intemporel de *Zadig*, l'arrière-plan pseudo-historique de *Candide* comme le passage du Huron dans *L'Ingénu* des plaines sauvages de l'Amérique aux réalités médiocres de la Basse-Bretagne créent des situations pleines de promesses et ramènent les héros du conte aux tâtonnements initiaux des premiers hommes. De même que le mythe est effort d'explication du monde, la fable sert de trame à l'affrontement du héros à des forces supérieures : nature, société, religion, culture, préjugés, institutions, liberté. Cela lui permet, par le jeu du mythe, de mettre en situation, d'interpréter un contexte, mais aussi, par le déplacement et la transposition des données du conte aux données de la réalité, d'ouvrir la polémique* et de mener une réflexion profonde sur le danger de la science face au politique (*Zadig*), sur la distance que donne au philosophe une analyse raisonnée et empirique des faits, sur l'impossibilité du bonheur et une sagesse à mesure humaine (*Candide*, *L'Ingénu*). Le conte apparaît alors comme un mode exploratoire qui met à jour les fluctuations chez son auteur de sa foi dans l'homme confrontée à son scepticisme* de fond.

Le héros, instrument de la démonstration

On peut remarquer de même que tous les héros des contes de Voltaire, et en particulier ceux des quatre que nous citons, sont des êtres jeunes, exposant leurs modèles aux déconvenues du réel. Micromégas, Zadig, Candide et le Huron sont tous jetés dans le voyage par l'injustice du sort ou leur soif de savoir. Venu de sa lointaine planète, Sirius, Micromégas, aidé du « nain » de Saturne confronte ses connaissances théoriques au relativisme* de la démarche empirique* ; Zadig, l'homme de science et d'esprit, fait le constat de l'aléatoire qui régit toute condition humaine ; Candide, le naïf, est contraint par l'omniprésence du mal sur terre de revenir de son optimisme initial et l'Ingénu, après avoir confronté les leçons de la loi naturelle aux principes de la vie sociale, accepte ceux-ci malgré leur caractère injuste.

L'intrigue, prétexte à la quête philosophique

Les contes philosophiques* ont pour objet une quête, ou plutôt une enquête. Faute de destinateur lui désignant l'objet de sa quête, le héros part vraiment « à l'aventure ». L'intrigue, souvent déterminée par le hasard (la disgrâce de Zadig, Candide « chassé du paradis terrestre », le Huron arrivé sur les côtes bretonnes à l'occasion d'une attaque de la flotte anglaise), est avant tout expérience et épreuve. Le voyage, métaphore du conte voltairien, signifie errance, tribulations, et symbolise la double quête de sens, intellectuelle et scientifique, morale et sociale. Comme Micromégas à travers les sphères cosmiques, comme Zadig tantôt favori, tantôt esclave, tantôt roi, comme Candide dans son errance géographique de l'Europe à l'Amérique, à la Propontide, le Huron « voyage » et expérimente dans des ordres différents : de la sauvagerie à la civilisation, de la liberté naturelle à la liberté conditionnée par les institutions européennes, du savoir empirique à la culture livresque, du bon-sens originel et instinctif à la philosophie éclairée par la science et la raison. À travers opportunités et déchirements, le héros fait l'expérience du libre-arbitre et de ses limites.

Le conte est donc l'occasion d'expérimenter et de théoriser le comportement humain. Mais pour amener le lecteur à l'abstraction du débat philosophique, encore faut-il mettre en scène le héros, à l'occasion d'événements historiques ou imaginaires signifiants. Ainsi, dans *Zadig*, l'épisode de l'éloge au monarque déchiré par le héros et rapporté d'une part par l'Envieux, de l'autre par le perroquet, ouvre la réflexion sur l'arbitraire de la providence. Dans *Candide*, la guerre des Abares et des Bulgares, la confrontation au nègre à Surinam, le récit de la vieille et le destin de Cunégonde sont autant d'invalidations à la thèse de l'optimisme, développée par Pangloss et soutenue par Candide. De même, dans *l'Ingénu*, Voltaire a recours à une « scénographie* » qui lui permet d'illustrer les points qu'il soumet à son lecteur : les chapitres II et III sur le baptême du Huron, au-delà de leur cocasserie, sont l'occasion d'un débat sur les textes sacrés et la religion chrétienne. La scène où le Huron veut exercer son « droit naturel » à l'amour (ch. VI) est une interrogation sur la légitimité de la loi naturelle et de la loi sociale, la fin tragique de Mlle de St-Yves dénonce l'incompatibilité de la vertu et des impératifs sociaux.

Jusque dans la parodie, la dérision et l'exagération du récit, Voltaire se révèle passionnément critique et propose un apprentissage à partir de sensations et d'émotions élémentaires : Micromégas tire de la relativité de toutes choses la conviction de l'harmonie du monde, Zadig, revenu à la plénitude et au bonheur, accepte la fragilité et l'incompréhensible du destin humain, Candide s'en remet au travail et à la « philosophie du jardin ». Tous les héros apparaissent comme des êtres réactifs et résistants, engagés dans un questionnement qui construit une sagesse, en dehors de toute pensée dogmatique et à partir des aléas de l'expérience. Hercule de Kerkabon, comme ses prédécesseurs en leur temps, définit une étape de la morale voltairienne faite désormais d'abandon des illusions et d'engagement concret.

■ *L'Ingénu* et sa spécificité

Le pathétique

L'Ingénu, comme les autres contes voltairiens, développe une analyse critique des travers de l'homme, de la société et des dogmes, mais on ne peut le réduire à sa seule dimension satirique. Par son économie dramatique, ce texte déborde le cadre de l'œuvre de combat pour entrer dans celui de l'art romanesque. Il y a plusieurs raisons à cela.

D'abord, l'influence du roman anglais et le succès de sa transposition par Rousseau. Richardson avec *Paméla et Clarisse Harlowe*, Rousseau avec *La Nouvelle-Héloïse*, ont fait évoluer considérablement le goût et les attentes des lecteurs. Désormais, la quête initiatique du héros est étroitement liée aux tribulations d'une héroïne, son double. Voltaire reprend ainsi un des thèmes privilégiés du roman anglais qu'on retrouve encore en 1764 dans *Le Château d'Otrante* de Walpole, celui de la vertu persécutée.

Le réalisme

D'autre part, Voltaire renonce au merveilleux ou à l'intemporalité de ses contes pour rendre crédible l'intrigue : il réinvestit dans l'œuvre des thèmes qui sous-tendent toute l'écriture romanesque du temps. Il place

L'Ingénu dans la lignée du roman réaliste anglais, comme *Joseph Andrews* ou *Tom Jones* de Fielding, dont le canevas repose sur les aventures picaresques* du héros. Ces romans utilisent également des destins exemplaires que le roman français a développés où développera : celui de la fille sans nom, *La vie de Marianne* de Marivaux, de la fille cloîtrée, *La Religieuse* de Diderot, du provincial réussissant à Paris, *Le Paysan parvenu* de Marivaux.

Il inscrit ainsi le conte dans la mouvance d'un certain réalisme, comme en témoigne la fin de l'œuvre : après avoir amené le héros jusqu'à la mort dramatique de Mlle de Saint-Yves, et jusqu'aux bords du désespoir, l'épilogue* montre la vie reprenant son cours, et chacun réintégré dans la société, à la place que lui confèrent ses compétences et ses mérites.

En ce sens, le conte innove. Mais il innove aussi dans le domaine de la spéculation philosophique puisqu'il constitue une tentative de synthèse entre des notions antagonistes.

4 - NATURE ET SOCIÉTÉ

L'Ingénu offre une parenté assez remarquable avec *Candide*. Dans les deux œuvres évolue un héros jeune, issu d'un monde rappelant la simplicité édénique, doté de belles qualités d'âme et d'une innocence à l'origine totale, confronté brusquement aux réalités de la civilisation. Mais à dix années d'intervalle, le propos est tout différent. Dans *Candide*, Voltaire établissait le constat du mal dans ses multiples expressions pour combattre la théorie de l'optimisme leibnitzien, inscrivant le mal dans le monde comme un révélateur du bien et comme un élément nécessaire de l'harmonie universelle. Son aboutissement était la recherche d'une médiocrité permettant à l'individu de survivre au caractère délétère* du monde. Dans *L'Ingénu*, Voltaire semble définir son idéal d'un homme moderne dont le naturel n'aurait pas été détérioré par la science et la spéculation métaphysique*, et qui serait capable, au-delà des avatars de toute vie, de s'inscrire efficacement dans la réalité sociale et politique de son temps. Il nourrit l'œuvre de sa longue réflexion sur l'incompatibilité de la raison et de la société et sur sa critique d'une société oppressive.

▪ Raison et sensibilité

Les contes de Voltaire traduisent l'hésitation constante de leur auteur entre raison et sensibilité : alors qu'Helvétius, plein d'enthousiasme, affirme dans une de ses lettres à Voltaire « Locke nous a ouvert à la fois la route de la vérité et du bonheur » Voltaire répond « La route de la vérité n'est pas celle du bonheur ». Cet affrontement entre la valeur absolue des choses de l'esprit et celle, relative, des choses du cœur est au centre de ses préoccupations.

L'affrontement Zadig/Micromégas (1748-1752)

Alors que Micromégas, le Sirien, propose une conception de l'harmonie du cosmos rendue accessible par la science et fait coexister, au sein de cette harmonie, science, sagesse et bonheur, comme Voltaire les a vécus durant le séjour à Cirey, Zadig illustre les désillusions de l'esprit et du cœur. Déçu de l'amour, il choisit de « chercher son bonheur dans l'étude de la nature » et croit, par la science, échapper aux vicissitudes de la condition humaine : « Rien de plus heureux qu'un philosophe qui lit dans ce grand livre que Dieu nous a mis sous les yeux. Les vérités qu'il découvre sont à lui » (ch. III). Mais sa science le dessert auprès des hommes. Il décide ensuite de sacrifier la vérité au bonheur et d'abandonner toute prétention intellectuelle, mais là aussi, il échoue : l'homme reste tributaire de la société où la destinée l'a fait naître, et celle-ci n'est pas le lieu du bonheur.

De la raison inconnaissable à l'impossible cohérence

Malgré l'opacité des décrets de la providence, (voir le chapitre de sa rencontre avec l'Ermite), Zadig tente d'accepter la « raison des choses » : dans l'épisode du souper, on le voit chercher un terrain de conciliation à travers la définition d'une composante universelle dans toutes les religions des hommes. Le sens de la vie lui apparaît dans l'acceptation de l'inconnaissable et du caractère aléatoire du bonheur. Candide éprouve, dans les avatars multiples d'un destin confus, le non-sens absolu du monde et l'arbitraire de la création ; il ne trouve partout que misère et disgrâce : « Où aller ? » demande Candide à Cacambo avant de découvrir l'Eldorado, « Si je vais dans mon pays, les Bulgares et les Abares y égorgent tout, si je retourne au Portugal, j'y suis brûlé, si nous restons dans ce pays-ci, nous risquons à tout moment d'être mis en broche » (ch. XVII). Or le « flux de la philosophie sublime » le ramène à la douleur et à l'absurdité de sa condition : il n'a pas la connaissance de l'ordre providentiel.

Le conflit entre raison et sensibilité s'est déplacé : il ne s'agit plus, comme pour Zadig, de chercher le sens de sa vie, mais de donner à l'existence un sens quelconque. Pour que celle-ci soit supportable, il n'est plus question de viser le triple idéal des grandeurs terrestres, des amours exaltantes, des certitudes intellectuelles, il suffit de trouver dans la retraite une formule propice à la survie. Ce choix raisonnable de la médiocrité est induit par la double impossibilité de la raison et de la sensibilité : l'homme ne sait rien et le bonheur idéal lui est fermé.

L'Ingénu : *la leçon de la nature et l'espoir dans le futur*

Dans *L'Ingénu*, le héros incarne l'homme naturel : il possède un solide bon-sens, que Voltaire définit dans *La Défense de mon oncle* comme « l'instinct de l'homme sur lequel est fondée la loi naturelle ». Rendu vigoureux par cette nature « qui nous a donné à tous les mêmes principes nécessaires comme elle nous a donné des organes » (*Le Philosophe ignorant*), il présente des dispositions physiques aussi solides que ses facultés intellectuelles. Si son honnêteté foncière, sa noblesse d'âme et sa fierté le font semblable à Zadig par le cœur, il n'hérite pas de ses doutes. La tranquille assurance du Huron, qui ne croit qu'une chose « il fait jour en plein midi », le montre pratiquant les principes pragmatiques* de Candide : sur les questions fondamentales « de l'âme, de la manière dont nous recevons nos idées, de notre volonté, de la grâce, du libre-arbitre » (ch. X, p. 350), il ne pense rien. Il fait en cela l'admiration d'un Gordon qui semble tirer la leçon de toute la vie de Voltaire : « j'ai consumé cinquante ans à m'instruire et je crains de ne pouvoir atteindre au bon sens naturel de cet enfant presque sauvage [...] ; j'ai consumé mes jours à raisonner sur la liberté de Dieu et du genre humain mais j'ai perdu la mienne » (ch. XIV).

Sa sensibilité neuve et vibrante traverse l'épreuve de la passion et du désespoir sans être touchée par l'amertume. S'il « chérit la mémoire de la tendre St-Yves jusqu'au dernier moment de sa vie » (p. 381), il peut accepter la société qu'il s'est choisie et y remplir son rôle de soldat comme un honnête homme.

▪ Société libérale et société normée

Le combat pour une société de liberté

Voltaire affirme la nécessité de la lutte philosophique contre l'arbitraire et les atteintes à la liberté : le séjour du Huron à la Bastille rappelle les affaires Calas, La Bourdonnais, Lally-Tollendal, tous incarcérés et condamnés injustement. Il semble que l'affaire du chevalier de La Barre ait été essentielle pour la composition du personnage de l'Ingénu : ce jeune homme de dix-neuf ans aurait fait, lui aussi, un excellent officier. Coupable aux yeux de Voltaire des débordements de la jeunesse, il est pour lui l'exemple même de l'abus de pouvoir et de l'obscurantisme : il fut supplicié en même temps qu'était brûlé un exemplaire du *Dictionnaire philosophique* de Voltaire, qu'on l'accusait d'avoir pratiqué. La lutte contre les jésuites reste d'actualité : Voltaire les accable dans *L'Ingénu* en même temps qu'il fait imprimer une nouvelle édition du traité de d'Alembert, et prépare *Le Bannissement des jésuites de la Chine*.

La mesure humaine

L'Ingénu poursuit la construction d'une sagesse amorcée dans *Candide* : ce début d'une collaboration de l'homme avec la nature par le travail qui « éloigne de nous trois grands maux, l'ennui, le vice et le besoin », n'est pas seulement l'idéal terrien du Voltaire enraciné dans la réussite de Ferney. C'est aussi une morale de l'action née de la confrontation entre chimères et expérience, qui ouvre sur l'éthique* du Huron. La culture et le savoir que Gordon a donnés à l'Ingénu dans la prison l'amènent à construire un idéal fait de réalisme et d'humilité devant les lois de la nature réhabilitée. Il met en œuvre l'exigence de mesure dont se fait l'écho *Le philosophe ignorant*, et qui ramène Voltaire au maître qui lui inspira *Micromégas* : « Après tant de courses malheureuses, fatigué, harassé, honteux d'avoir cherché tant de vérités, et d'avoir trouvé tant de chimères, je suis revenu à Locke [...] un homme modeste [...] qui, à la vérité, ne possède pas de richesses immenses mais dont les fonds sont bien assurés et qui jouit du bien le plus solide sans ostentation ».

2

ÉTUDE DU TEXTE

1 - UNE STRUCTURE EN MIROIR

Le déroulement de *L'Ingénu* présente une complexité qui le différencie des contes précédents, où un héros unique se formait à travers de multiples avatars, rencontrés au hasard de la géographie capricieuse du conte. Or *L'Ingénu*, dans sa structure, pose le problème constant de sa polyphonie. Doit-on considérer que *L'Ingénu* a pour héros l'étranger, le Huron, dans ses mutations successives vers le personnage reconnu par l'ordre social, Hercule de Kerkabon, et est-ce bien son histoire que le conte reproduit, ou doit-on prendre en compte l'émergence d'un autre héros, féminin celui-là, présent dès le premier chapitre et qui prend au fil du récit une place de premier plan, la belle St-Yves ?

Doit-on s'arrêter à l'opposition entre Amérique et Europe qui sous-tend en permanence la confrontation du héros naturel aux réalités françaises ? Ne doit-on pas envisager aussi le puissant antagonisme que l'œuvre crée entre la province et Paris ?

Peut-on faire l'économie du double schéma narratif qui inscrit dans le texte, à travers les deux héros, la double quête du savoir et de l'amour et semble rendre ces deux aboutissements (philosophie et bonheur) définitivement inconciliables par la disjonction des deux schémas, un moment conjoints ?

■ Conte et rencontres

Le récit de l'Ingénu présente des matériaux composites déjà utilisés par Voltaire ou d'autres auteurs : l'originalité de l'œuvre réside dans l'alliage parfois inattendu d'éléments déjà connus.

L'histoire d'un héros ou d'une héroïne ?

Le conte s'ouvre non pas sur un départ, comme dans *Candide*, mais sur l'arrivée, dans le petit univers fané du prieur de Kerkabon et de sa sœur, confinés dans leur abbaye et dans leurs regrets, du héros, « un jeune homme très bien fait qui s'élança d'un saut par-dessus la tête de ses compagnons » (ch. I, p. 324). Entré en conquérant dans leur vie, celui qui se présente ainsi : « Je suis Huron », est mené par une soif d'action et de découverte (p. 325) qui ne se démentira pas. De là découlent son emportement en amour (ch. VI), son courage devant les Anglais (ch. VII), son départ vers Paris en quête d'honneurs (ch. VIII), son intrusion brutale dans l'univers codifié de Versailles (ch. IX). Mais à partir de là, l'Ingénu n'est plus sujet de l'action : embastillé et livré, par l'ennui de la prison à l'étude (ch. X-XII, ch XIV), il laisse le premier plan à Mlle de St-Yves.

À partir du chapitre XIII en effet, la belle St-Yves devient le sujet de l'action : pour échapper au mariage arrangé avec le fils du bailli, elle s'évade de son couvent, gagne Versailles « à cheval ». Elle étonne par sa capacité à prendre l'initiative : « Elle imagina de s'adresser à un jésuite du bas étage » (p. 359). Dès lors, c'est le roman de St-Yves que nous suivons. Elle retrouve la trace de l'Ingénu (ch. XIII), parvient jusqu'à Saint-Pouange (ch. XV) ; certes elle est vaincue dans sa vertu par les promesses de celui-ci, mais c'est elle qui est encore l'instigatrice de l'élargissement de son amant (début du ch. XVIII) et de celui du « bonhomme Gordon » (fin du ch. XVIII). Désormais au centre des attentions et des discours de tous, elle est aussi le lieu où se joue le drame final des chapitres XIX et XX, « Son âme tuait son corps » (p. 376).

Le glissement d'un héros à une héroïne opère la transformation du conte : sa définition générique s'infléchit – il évolue du roman d'apprentissage au roman sensible* –, il change de registre – il passe du satirique au pathétique.

Une multiple confrontation

Le conte s'organise aussi à partir de deux antagonismes puissants, l'un entre l'Amérique et l'Europe, l'autre entre la province et Paris.

Le premier reprend le thème classique de la parole démystificatrice du sauvage, déjà à l'œuvre au XVIe siècle, par exemple dans le passage des *Essais* où Montaigne fait parler trois étrangers amenés d'Amérique en ambassade (règne de Charles IX, visite authentique), et permet à Voltaire de regarder la société européenne à partir d'un point de vue naïf. Cela se retrouve dans la première partie du conte (ch. I à IX), où s'introduisent au milieu de réflexions anodines, les éléments de la critique religieuse – au chapitre V, à propos de l'Évangile, « Je m'aperçois tous les jours qu'on fait ici une infinité de choses qui ne sont point dans votre livre » (p. 338) – et de la critique sociale – au chapitre IX, dans l'antichambre des puissants : « Est-ce que tout le monde est invisible dans ce pays-ci ? » (p. 346) –. Ce jeu de la naïveté donne un caractère plaisant aux attaques de Voltaire et s'insère dans la critique de l'ethnocentrisme* de l'Europe. L'analyse de l'Ingénu à son arrivée à la Bastille est claire : « Mes compatriotes d'Amérique ne m'auraient jamais traité avec la barbarie que j'éprouve : ils n'en ont pas idée. On les appelle sauvages ; ce sont des gens de bien grossiers, et les hommes de ce pays-ci sont des coquins raffinés » (ch. X, p. 349). Il illustre par là le conflit entre nature et civilisation, au centre de la quête philosophique de Voltaire.

La seconde opposition entre la province et Paris fait écho à l'expérience personnelle de Voltaire et à sa longue réflexion sur la cité. *L'Ingénu* fait le point sur les sentiments de Voltaire à cet égard.

Dans les *Lettres philosophiques*, s'affrontant à Pascal et à La Rochefoucauld qui présentaient la grande ville comme l'essence même du monde civilisé absurde, cruel et menteur, il la défendait en ces termes : « Pour moi quand je regarde Paris ou Londres, je ne vois aucune raison d'entrer dans ce désespoir dont parle M. Pascal. Je vois une ville qui ne ressemble en rien à une île déserte ; mais peuplée, opulente, policée et où les hommes sont heureux autant que la nature humaine le comporte », (Lettre XXV). Mais cet attrait pour la grande cité et le goût pour la vie parisienne se doublent d'une forme de répulsion : cela apparaît particulièrement dans la vie de Voltaire au cours des années 1735-1747, où tantôt poète mondain chéri de la cour, tantôt réfugié à Cirey loin du monde, il balance sans cesse entre province et Paris.

Dans *L'Ingénu*, l'opposition entre l'univers étriqué mais bon enfant de la Basse-Bretagne et le monde cruel de Versailles est soulignée fortement par Voltaire. Certes, M. de Kerkabon et sa sœur peuvent paraître ridicules – elle, décrite comme « courte et ronde » (p. 325), lui, revenant « tout haletant de tendresse et de joie » (p. 326) après avoir consulté son dictionnaire de Huron - mais ils partent pour Paris après la disparition du Huron. Incarnant l'indulgence, la bienveillance et l'humanité, ils sont incapables de se diriger dans le monde parisien : « Ils se trouvèrent égarés comme dans un vaste labyrinthe » (p. 357, ch. XIII). Leur simplicité les rend sensibles au bonheur comme au malheur, « comme des enfants qui écoutent des histoires de revenants et comme des hommes qui s'intéressaient tous à tant de désastres » (p. 371, ch. XIX). Ils sont totalement étrangers à la réalité de Paris, dont Voltaire dit dans le *Dictionnaire philosophique*, « Plus on voit ce monde et plus on le voit plein de contradictions et d'inconséquences » (article « Contradictions » paru sous le titre *Discours sur les contradictions de ce monde*).

Or Paris apparaît successivement comme le champ d'action des jésuites, organisés en une hiérarchie complexe (p. 359, ch. XIII), le royaume de l'arbitraire à travers l'omnipotence de Saint-Pouange - un cri de St-Yves résume cet état de fait : « Hélas ! Monsieur, on est donc bien libéral en lettres de cachet dans vos bureaux, puisqu'on en vient solliciter du fond du royaume, comme des pensions » (p. 363), ch. XV) –. Déjà, dans *Le Monde comme il va*, le séjour de Babouc parmi les Perses montrait des ministres inabordables et, selon ceux qui faisaient chez eux antichambre, affligés de tous les défauts et universellement détestés.

Voltaire, dans cette opposition entre la Bretagne et Paris, résume la leçon qu'il énonçait déjà dans *Zadig* : l'homme est tributaire de sa société. À la société que l'Ingénu choisit, reposant sur les valeurs humanistes auxquelles Voltaire est fort attaché – l'amitié, la communication, la reconnaissance de l'homme par l'homme incarnées par le bon curé de Kerkabon, sa sœur, l'abbé de St-Yves rallié à la cause des amants –, s'oppose la société qu'on subit, fondée sur l'envie (le bailli et son fils), la duplicité (le père Tout-à-Tous, Vadbled, la dévote) ou la légèreté (Saint-Pouange).

Cette polyphonie du texte amène à considérer les interférences des deux schémas narratifs, ayant pour héros l'Ingénu ou Mlle de St-Yves.

■ Le double schéma narratif

Le schéma narratif* dont le Huron est le héros et celui dont St-Yves est l'héroïne présentent des similitudes, des points de rencontre, et des moments où ils se dissocient complètement.

Les deux schémas

Pour le Huron

Situation initiale	Élément perturbateur	Dynamique	Élément résoluteur	Situation finale
Arrivée d'Amérique en Bretagne (I à III).	– Le baptême ; – L'amour et l'interdit (IV à VI).	– L'héroïsme contre les Anglais (VII) ; – Le départ pour Paris ; – Les Protextants (VII) ; – À Versailles (IX) ; – La Bastille (XI, XII, XIV).	– L'élargissement grâce à St-Yves (XVII).	– Retrouvailles ; – Mutation de l'Ingénu (XIX) ; – Fin ambiguë : statut social et savoir mais perte de St-Yves.

Pour Mlle de St-Yves

Situation initiale	Élément perturbateur	Dynamique	Élément résoluteur	Situation finale
–Héroïne de la noblesse bretonne, cultivée (I-II).	– Attirance pour l'Ingénu (III-V) ; – Inclination contrariée par les convenances du couvent (VI).	– Effacée par le couvent (VII-XII) ; – Arrivée à Versailles (XIII) ; – Vaincue par St-Pouange (XV-XVII).	– Libératrice de l'Ingénu (XVIII).	– Retrouvailles et mort (XIX-XX).

Conjonction ou disjonction ?

Les deux schémas présentent des convergences et des parallélismes.

Les deux phases où les héros sont en conjonction se situent au début et à la fin du conte. On retrouve alors les topoï* de la rencontre amoureuse, du coup de foudre, de l'idylle passionnée, du sacrifice de l'amante, de la fidélité de l'amant, des retrouvailles pathétiques* et de la séparation par la mort. Cela couvre les chapitres I à VI et XVII à XX, et concerne quatre étapes du schéma narratif: les phases de dynamique dissocient les deux personnages qui doivent affronter des épreuves différentes.

L'économie des deux parcours comporte de forts échos: même révélation amoureuse (concomitante), même départ pour Paris à plusieurs mois de distance, même confrontation à l'arbitraire; une forme différente de mort à la fin du conte: mort réelle pour St-Yves, mort symbolique pour le Huron redevenu Kerkabon. Ce parallélisme construit une identité entre deux innocences – celle du sauvage et de la jeune fille –, deux lectures de l'amour comme moteur de vie – il amène l'Ingénu à la conversion et au baptême, Mlle de St-Yves à la révolte et au départ –, entre deux responsabilités – à l'égard de soi-même pour l'Ingénu qui part à Paris réclamer récompense de son courage contre les Anglais, à l'égard de l'être aimé chez Mlle de St-Yves qui part sauver son amant. Pour les deux personnages le conte représente un passage initiatique vers la maturité, née de la conscience de la faute chez Mlle de St-Yves et de l'accès à la connaissance pour l'Ingénu. Une fois de plus, Voltaire réécrit à sa façon l'épisode de la genèse, qui chasse Adam et Ève du paradis terrestre; une fois de plus, il situe ses personnages entre l'expérience du mal et l'accès à la connaissance libératrice. Alors que dans *Candide* le héros, éprouvant le mal sous toutes ses formes et reniant la science, bornait l'aboutissement de sa quête aux retrouvailles avec une Cunégonde déchue et à la philosophie limitative « du jardin », dans *L'Ingénu*, le choix d'un double héros permet de démontrer, d'une part, le caractère infernal du monde plus destructeur pour Mlle de St-Yves que toutes les aventures des deux précédents héros, et d'autre part, le caractère salvateur de la spéculation intellectuelle qui peut transformer même la prison en cadre serein.

L'expérience disjointe

Voltaire réserve aux deux héros des épreuves déterminées par leur quête et leur sexe. Le moment de dissociation souligne le caractère contradictoire des expériences qu'ils vivent : la clôture de Mlle de St-Yves dans un couvent détermine chez elle une révolte qu'elle met en acte, dès qu'il lui est permis de sortir, en s'enfuyant vers Paris. Cet acte d'indépendance la propulse au sein d'un univers inconnu et dévastateur : le monde libertin. Chez l'Ingénu, au contraire, c'est l'acte de revendication qui le confronte au monde politique et le jette en prison, lieu où il développe une relation salvatrice avec la culture.

À l'Ingénu, qui ne connaît rien des rouages de la cour, est réservé le châtiment des fils de famille outrepassant leur droit, celui des bourgeois affrontant la morgue des grands – comme Voltaire face au chevalier de Rohan –, aux penseurs proférant des idées interdites – comme Pangloss et Candide incarcérés à Lisbonne « l'un pour avoir parlé, l'autre pour avoir écouté » – : la Bastille, symbole de l'arbitraire royal. Cette atteinte à la liberté individuelle qui fait du détenu un coupable sans jugement peut devenir un moyen d'élimination définitive ou rester un avertissement ponctuel : Voltaire s'élève contre cette injustice tout au long de sa vie et dans toutes ses œuvres.

À Mlle de St-Yves, il fait vivre un odieux chantage, banalisé par une cour licencieuse et érigé en art de vivre par les grands débauchés de la Régence. Rien, dans les débats de conscience qui sont les siens dans les chapitres XV à XVII, ne peut relever de la parodie ou de la dérision : Voltaire dans l'article « Adultère » du *Dictionnaire philosophique*, se référant au même exemple, qualifie la situation de St-Yves comme « un de ces cas singuliers sur lesquels la raillerie ne peut avoir de prise ». Le titre même du chapitre XVII, « Elle succombe par vertu », assimile le sacrifice de St-Yves au sublime plus qu'au ridicule.

Pourtant, ces avatars opposés convergent vers le même résultat : les deux héros sortent grandis de l'épreuve. L'ingénu, transformé par l'étude et l'amitié de Gordon, accède à la seule liberté acceptable pour un philosophe, celle de l'esprit critique « S'il y avait eu une seule vérité cachée dans vos amas d'arguments qu'on ressasse depuis tant de siècles, on l'aurait découverte sans doute » (ch. XIV, p. 360) ; il parvient même à convertir le janséniste en matière d'amour : « Il [Gordon] apprit à le connaître comme un sentiment aussi noble que tendre qui peut élever l'âme autant que l'amollir » (ch. XIV, p. 362). St-Yves « l'idole de la beauté », loin d'être dégradée par la souillure qu'on lui impose, devient sublime par la noblesse de son remords et son impossibilité à survivre à sa chute.

2 - LES PERSONNAGES

■ Un schéma actantiel revisité

Le schéma actantiel organise les rapports de force impliqués dans l'action : **six actants** y participent. Le **sujet (S)**, souvent le héros, tend vers un **objet (O)**, qui peut être un personnage ou une valeur plus générale.

Les rapports de force se répartissent autour de la flèche du vouloir, symbole de l'enjeu de la quête du sujet. Le sujet est engagé dans l'action par un **destinateur (D1)**, qui peut être une personne, un sentiment ou un principe, et s'investit dans sa quête pour un **destinataire (D2)**. Dans sa quête de l'objet, le sujet est aidé par des **adjuvants (A)** ou combattu par des **opposants (Op)**.

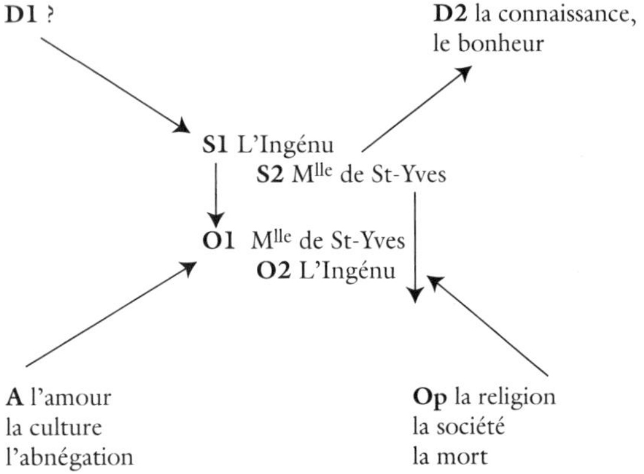

Voltaire conserve le schéma traditionnel du conte. Contrairement au double schéma narratif qui dissocie (chapitres VII à XVII) les expériences des deux héros, le schéma actantiel montre leur complémentarité et leur réversibilité, avec deux nuances cependant.

Si l'amour apparaît comme le destinateur évident de la quête de Mlle de St-Yves, il est bien difficile de définir le destinateur de celle de l'Ingénu. Certes, il affiche dès le premier chapitre sa soif de savoir mais c'est un élan personnel, aucune autorité ne lui enjoint de l'assouvir. Cette « vacance » du destinateur fait du héros une virtualité : étranger, voyageur, en attente d'une fonction actantielle, il est rendu à sa vocation première qui est, selon Greimas, de recevoir un « investissement » du pouvoir et du vouloir. Cette conception fait du protagoniste un agent perturbateur, qui a pour mission de voir, de donner à voir, de désirer, de faire. Il vient voir, puis veut « faire mariage », puis veut s'instruire. Cette pluralité des fonctions du sujet fait alors du conte philosophique l'expérience de ces différents investissements, expérience qui peut aller jusqu'à l'échec, comme dans le cas de Mlle de St-Yves.

La nuance voltairienne doit aussi s'appliquer à la figure féminine : élément essentiel du schéma actantiel elle est tantôt objet (dans le schéma qui donne l'Ingénu sujet), tantôt sujet (St-Yves initie sa quête dont l'Ingénu est l'objet partir du chapitre XIII), tantôt destinataire (elle est celle pour qui l'Ingénu subit les épreuves et s'initie au monde civilisé). À ce titre, elle joue un rôle privilégié.

■ Le couple héroïque

Il évolue de l'amour naturel à l'amour parfait. Si, au début du conte, l'attitude de Mlle de St-Yves relève de l'intérêt ethnologique – « Mademoiselle de St-Yves était fort curieuse de savoir comment on faisait l'amour au pays des Hurons » (ch. I, p. 327) – il se circonscrit assez vite au jeune homme :

> « Mlle de St-Yves, à ce récit, sentait un plaisir secret d'apprendre que l'Ingénu n'avait eu qu'une maîtresse, et qu'Acaba n'était plus » (ch. I, p. 327)

Le Huron devenu, par la reconnaissance de sa parenté avec les Kerkabon, « l'Ingénu », et habillé à la mode française, séduit Mlle de St-Yves qui, à la fin du chapitre II, le quitte « en se retournant plusieurs fois » (p. 331). C'est le charme de Mlle de St-Yves qui obtient du Huron son consentement au baptême (ch. IV). Si la pudeur de St-Yves et son éducation l'empêchent de céder à son penchant (« elle n'osait convenir tout à fait avec elle-même de ses tendres sentiments », ch. V, p. 336), l'Ingénu éprouve une passion violente qui donne lieu à la scène brutale du chapitre VI. L'amour naturel est contrarié par la religion et les convenances. Il faut à l'un l'expérience de la prison, à l'autre celle du couvent pour que cet amour naissant se transforme en mariage des cœurs. St-Yves, à Paris, passe par les angoisses d'une épouse - « partagée entre un peu de joie et d'extrêmes douleurs, entre quelque espérance et de tristes craintes » (p. 390, ch. XIV) –, elle se trouve confrontée au choix de bien des femmes de son temps - « je n'ai que le choix du malheur et de la honte : il faut que mon amant reste enseveli tout vivant ou que je me rende indigne de vivre » (p. 365) –. Le dilemme qui s'offre à elle lui confère le pathétique d'une héroïne cornélienne, et la seule atténuation qu'elle envisage à son malheur lorsqu'elle cède à Saint-Pouange - « Elle n'eut d'autre ressource que de se promettre de ne penser qu'à l'Ingénu, tandis que le cruel jouirait impitoyablement de la nécessité où elle était réduite » -, la place au rang des héros, qui dissocient les nécessités du corps des émotions de l'âme et de l'union des cœurs. Pour elle, la trahison physique est encore un acte d'amour puisqu'elle sauve l'être aimé. L'Ingénu, lors de sa confession (ch. XX), ne s'y trompe pas : « le crime ne peut être que dans le cœur, le vôtre est à la vertu et à moi ».

Car l'épreuve de la prison a mûri en lui le sentiment initial : « Il parlait aussi souvent de sa chère St-Yves que de morale et de métaphysique. Plus ses sentiments s'épuraient et plus il l'aimait », (ch. XIV, p. 361).

L'amour parfait des deux héros apparaît dans les deux derniers chapitres : le trouble de l'Ingénu se transmet immédiatement à son amante, « une pâleur mortelle se répandit sur son beau visage, un frisson la saisit, elle se soutenait à peine », (ch. XIX, p. 372). Ses adieux déchirants - « j'expire avec la consolation de vous savoir libre. Je vous ai adoré en vous trahissant, et je vous adore en vous disant un éternel adieu » (ch. XX, p. 378), plongent l'Ingénu dans un désespoir qui fait craindre pour sa vie.

▪ La typologie sociale de l'Ancien Régime

Le schéma actantiel définit le sujet dans sa quête et le confronte, dans sa volonté d'atteindre son objet, à des adjuvants et à des opposants. Même si certains des personnages peuvent apparaître, dans *L'Ingénu*, comme des fantoches, tous appartiennent à des types spécifiques de l'Ancien Régime.

Ils relèvent tous de la réalité sociale du XVIIe siècle, qui perdure à l'époque de Voltaire, et il semble que les adjuvants se raréfient au fur et à mesure que l'on s'élève dans la hiérarchie sociale.

Les gens de cœur

Ils appartiennent aux couches sociales modestes et constituent pour le héros soit des soutiens soit des révélateurs dans sa quête du sens.

L'Ingénu rencontre en province la petite noblesse représentée par deux couples de frères et sœurs, les Kerkabon et les St-Yves ; de Mlle de Kerkabon, il nous est dit que « son caractère était bon et sensible » (ch. I), et d'un bout à l'autre du conte, ce caractère ne se dément pas. Les Kerkabon adoptent le Huron et le reconnaissent pour leur neveu miraculeusement retrouvé, ils le suivent à Paris, s'associent à ses malheurs.

Le couple des deux St-Yves est plus disparate : la jeune fille s'éprend rapidement de l'Ingénu et constitue l'agent de sa libération à Paris, puis de sa promotion sociale (ch. XV-XX), par le biais de Saint-Pouange, touché par son sacrifice ; l'amour l'a transformée : « Ce n'était plus cette fille simple dont une éducation provinciale avait rétréci les idées. L'amour et le malheur l'avaient formée » (ch. XVII, p. 368). Son frère, l'abbé de St-Yves, est plus complexe. Il apparaît d'abord comme un opposant à la réunion des deux amants, en acceptant le placement de sa sœur au couvent (ch. VI, p. 340), puis en demandant à Saint-Pouange une lettre de cachet contre sa sœur en fuite (ch. XV p. 363). Mais il est aussi un frère aimant, heureux de la retrouver – « L'abbé de St-Yves pleurait ses torts auprès de sa sœur qui lui pardonnait » (p. 370) – et heureux de la donner à l'Ingénu : « L'abbé se confondit en excuses du passé et en protestation d'un attachement éternel » (p. 374).

Le garde du corps, « gentilhomme breton » rencontré à Versailles (ch. IX), éclaire l'ignorance de l'Ingénu sur la cour : « il lui apprit qu'on ne parlait pas ainsi au roi et qu'il fallait être présenté à monseigneur de Louvois » (p. 346). À la place des puissants qu'il désire atteindre, l'Ingénu ne verra qu'un commis.

L'Ingénu rencontre aussi des hommes du Tiers-état à travers les protestants fugitifs et le janséniste Gordon. Les premiers sont « des drapiers et des fabricants » (ch. VIII, p. 344) rencontrés à Saumur sur le chemin de l'exil : ils révèlent à l'Ingénu les responsables des persécutions exercées contre les protestants – « Ce sont les jésuites… c'est surtout le père de La Chaise, confesseur de sa majesté. Il faut espérer que Dieu les en punira un jour » –.

Le second, qualifié de « vieux solitaire de Port-Royal », semble ne se rattacher à personne. Il est pour l'Ingénu un initiateur à la culture attentif et généreux : il lui fait approcher, par des lectures et des débats, la physique, la métaphysique*, l'histoire de France, le théâtre grec et classique. Il contribue à former son raisonnement et à nourrir sa réflexion.

Les suppôts du pouvoir

Ils composent toute une hiérarchie de malfaisants.

Dès l'arrivée en Bretagne, l'Ingénu s'affronte à « l'interrogant bailli » qui lui reproche son départ d'Amérique : « Mais, monsieur, dit le bailli avec un ton imposant, comment avez-vous pu ainsi abandonner père et mère ? ». Devant le refus de St-Yves d'épouser son fils, il envoie à M. de Louvois une lettre « qui dépeignait l'Ingénu comme un garnement qui voulait brûler les couvents et enlever les filles » (p. 347). Il est doublé par un espion des jésuites qui, dès l'épisode de Saumur, dénonce l'Ingénu :

> « Il y avait à table un jésuite déguisé qui servait d'espion au révérend père de La Chaise. Il lui rendait compte de tout et le père de La Chaise en instruisait monsieur de Louvois » (p. 345)

On découvre la collusion entre les deux pouvoirs, le politique et le religieux. Le politique émane du roi et c'est l'Ingénu qui en fait l'expérience ; le religieux est dominé par les jésuites : c'est à eux qu'est confrontée Mlle de St-Yves. Cette hiérarchie du mal comporte deux ordres, celui des invisibles et celui des visibles.

Appartiennent à l'ordre des invisibles le roi, son ministre de la guerre Monsieur de Louvois, « Monsieur Alexandre, premier commis de la guerre », qui ne recevront pas l'Ingénu. De même, ni le père de La Chaise, « que tous les solliciteurs de bénéfices appelaient le chef de l'Église gallicane », ni l'archevêque, ni l'évêque de

Meaux ne seront accessibles au prieur de Kerkabon et à sa sœur (p. 357). Ces puissances invisibles paraissent extrêmement dangereuses : à St-Yves qui projette d'aller voir le roi, de se jeter « à ses pieds sur son passage quand il ira à la messe ou à la comédie » son amie, la dévote, répond par une menace : « mons de Louvois ou le révérend père de La Chaise pourraient vous enterrer dans le fond d'un couvent pour le reste de vos jours » (p. 367).

L'ordre des visibles est celui des subalternes : garde du corps, commis, femme d'un officier du gobelet. Ils sont limités dans leurs actes, comme le souligne le commis : « Je suis sans crédit pour faire du bien, tout mon pouvoir se borne à faire du mal quelquefois ». Surtout, à l'ordre des visibles appartiennent les jésuites : c'est un jésuite qui reçoit les Kerkabon « à bras ouverts », c'est un jésuite, le père Tout-à-Tous, qui devient le conseil de Mlle de St-Yves (p. 359). Au dernier rang de la Compagnie de Jésus, puisqu'il est seulement confesseur « des femmes de chambre par lesquelles on savait les secrets des maîtresses », il est celui par qui elle retrouve le commis, le dernier à avoir vu l'Ingénu avant son incarcération ; c'est encore lui qui lui conseille, avec la dévote, de céder à Saint-Pouange (ch. XVI).

Entre ces deux ordres évoluent les favoris, gens légers et charmants, inconscients du mal qu'ils font. Ils constituent la dimension humaine des puissants ; Louvois est défini ainsi : « Ce ministre a deux âmes : Monsieur de Saint-Pouange en est une ; Madame du Belloy, l'autre ; mais elle n'est pas à présent à Versailles ; il ne vous reste que de fléchir le protecteur que je vous indique. » (p. 360). On ne verra pas la seconde, mais Saint-Pouange suffit à définir la cour.

Saint-Pouange est un voluptueux touché par la beauté de St-Yves : « Ses charmes dans cet état parurent dans leur plus grand avantage » (p. 363) ; il utilise successivement la nuance - « Saint-Pouange, perdant toute honte lui insinua qu'elle réussirait si elle commençait par lui donner les prémices de ce qu'elle réservait à son amant... Un mot lâché d'abord avec retenue en produisait un plus fort, suivi d'un autre plus expressif » (p. 363) – et l'exigence – il achète un moment d'abandon par « la révocation de la lettre de cachet, le brevet d'une gratification considérable, celui d'une compagnie » (p. 367) –. Il est moins cruel que superficiel. Il s'attache à la pauvre St-Yves : « Son goût passager n'ayant été satisfait qu'une fois, était devenu de l'amour », (p. 380). Indifférent à la mort, semblable aux grands que décrit Pascal, plongés dans le divertissement - devant le cercueil, « il détourne les yeux avec ce simple dégoût d'un homme nourri dans les plaisirs, qui pense qu'on doit lui épargner tout spectacle qui pourrait le ramener à la contemplation de la misère humaine » (p. 380) –, il n'est pas dénué de sensibilité - « Saint-Pouange n'était point né méchant ; [...] Il connut le repentir » –.

■ Fantoches et personnages réels

Le conte chez Voltaire recouvre le récit fictionnel mais aussi la fable, le mythe et l'anecdote, dont le trait commun semble être le manque de vraisemblance. Aussi ses personnages peuvent paraître des ébauches, parfois des marionnettes, comme « l'impitoyable bailli », « son niais de fils ». Le recours à l'épithète qualifiante, comme chez Homère, est fréquent chez Voltaire la « belle St-Yves » devient au chapitre XVI « la belle et désolée St-Yves », puis « la pauvre fille » enfin « la triste St-Yves », la « généreuse et respectable infidèle ». On pourrait y voir la volonté de raréfier les descriptions au profit de la rapidité de la narration. On peut aussi attribuer cette simplicité au caractère particulier du conte : il confère une dimension symbolique aux personnages, réduits souvent à l'état d'allégorie*. Ainsi, le père Tout-à-Tous, et sa démonstration (ch. XVI), incarne le casuiste* toujours prêt à justifier les grands de ce monde, et Saint-Pouange condense les attributs du grand seigneur libertin.

Voltaire ne s'étend pas sur les personnages qu'il emprunte à l'histoire ou au réel. Le père de La Chaise et son valet, Vadbled, Louvois, le roi, apparaissent comme de grandes figures historiques inaccessibles. Saint-Pouange est le double du comte de Saint-Florentin, contemporain de Voltaire et chargé de l'Intérieur dans le gouvernement de Choiseul (1758-1770). Il est conforme à l'image qu'en donnent les historiens du temps. Grand utilisateur des lettres de cachet, il contribue à développer l'arbitraire royal à cause duquel, selon Malesherbes, « aucun citoyen dans ce royaume n'est assuré de ne pas voir sa liberté sacrifiée à une vengeance ».

De même, Voltaire développe peu les personnages sortis du roman de mœurs de l'époque : le prieur provincial et sa sœur, étrangers à la vie de Paris, la « dévote amie » qui sert d'entremetteuse avec Saint-Pouange, appartiennent au roman de mœurs et au roman picaresque* : ils sont connus du public.

Trois personnages méritent un traitement particulier et donnent lieu à une description physique et morale : l'Ingénu, Mlle de St-Yves, Gordon. Le premier est d'emblée défini comme « un jeune homme très bien fait » au premier chapitre et donne lieu à une présentation détaillée (p. 324). Mlle de St-Yves, dont nous savons par l'Ingénu qu'elle est « jeune et jolie » (ch. V, p. 338), est décrite davantage dans son caractère curieux et romanesque. Le début du chapitre X dépeint brièvement celui qui va devenir un compagnon fidèle pour l'Ingénu : « M. Gordon était un vieillard frais et serein qui savait deux grandes choses : supporter l'adversité et consoler les malheureux » (p. 348). Ces trois personnages présentent des caractères originaux qui s'infléchissent avec le temps. Le désespoir de St-Yves fait en elle des ravages, mais elle prend soin de ne blesser personne par sa retraite finale : « ce fut après avoir rassuré la compagnie par des paroles consolantes et flatteuses ». L'Ingénu et Gordon sont heureux d'avoir été libérés, mais leurs échanges sont empreints de hauteur de vue et de sagesse :

> « Comment se trouve-t-il tant d'hommes qui, pour si peu d'argent, se font les persécuteurs, les satellites, les bourreaux des autres hommes ? » (ch. XIX, p. 373)

Grandis par l'expérience et la souffrance, ils paraissent proches de l'humain. Le milieu dans lequel évoluent les personnages de *L'Ingénu* constitue un champ d'apprentissage mutuel et collectif. Les antagonismes, les obstacles qui existaient entre les êtres tombent, les lignes de résistance s'effacent : ainsi se dégage du conte un roman de formation où la sensibilité prédomine car les hommes évoluent vers le bien.

3 - LA DYNAMIQUE DU CONTE

▪ Le rôle du paratexte

Le titre : L'Ingénu

Cet élément de paratexte* s'inscrit dans le droit fil des contes éponymes qui le précèdent comme *Zadig*, *Micromégas*, *Candide*, *Jeannot et Colin*. Il focalise l'attention du lecteur sur un personnage-titre se définissant par rapport à un monde propre : pour l'un, celui de l'Orient, pour l'autre, celui du supra-humain ou de l'innocence confrontée au mal, ou encore de la campagne et de la morale paysanne. *L'Ingénu* présente l'homme du Nouveau monde découvrant l'Europe. Dans tous les cas, le héros constitue un point de vue qui permet d'appréhender des réalités, de faire passer une dénonciation.

Des correspondances existent entre Candide et l'Ingénu : même pureté dans leurs deux noms, qui signifient le projet de l'auteur, confronter la conscience pure et idéaliste à la réalité du monde. Ils héritent tous deux de la leçon de Babouc dans *Le monde comme il va* : « Le monde est passable ». Leur caractère, leur façon d'être au monde va créer des effets de catalyse : les parcours de ces personnages, en mettant en situation la condition humaine et son exploration, constituent des révélateurs.

Mais cette analogie parlante fait aussi apparaître la supériorité de l'Ingénu sur Candide : Candide, marqué par l'optimisme de Pangloss, confronte sans cesse les leçons de son système philosophique aux faits : il suit ainsi une démarche comparative, qui sans cesse invalide la métaphysique* de Leibnitz et de Wolf. L'Ingénu, par son origine huronne, parce qu'il ne se réclame ni d'une famille, ni d'une culture, représente la « tabula rasa » rêvée par les grands philosophes anglais. Il incarne le modèle de l'empirisme* de Locke : il apprend par l'observation, l'analyse, l'émission de conclusions prudentes. Même quand il étudie dans les livres, au cours de son séjour en prison, il passe toutes les informations au crible de son bon sens premier. La confrontation à l'amour conditionné par les convenances, l'interdit qui frappe le mariage entre marraine et filleul, l'inaccessibilité des grands appellent sa réaction. Il ne se laisse rien dicter non plus en matière de goût littéraire, il fait ses choix parmi les classiques : « Molière l'enchanta », devant Racine « il fut en extase », il reste froid devant Corneille « je ne me suis intéressé pour personne ». Il lit les ouvrages de physique et la philosophie de Malebranche avec le même esprit critique. Alors que Candide partait de Thunder-ten-Trunck avec des certitudes qui s'érodaient au contact du monde, le Huron, sans référents intellectuels ni sociaux, possède un bon sens natif qui recentre le monde et lui permet de l'assumer comme il est.

Le sous-titre

En qualifiant l'œuvre d'«Histoire véritable tirée des manuscrits du P. Quesnel », Voltaire situe le conte dans le temps et marque sa dimension polémique*. Par cette référence au père Quesnel (1634-1719), successeur d'Arnauld à la tête du courant janséniste, il inscrit le conte dans les affrontements religieux de la fin du XVIIe siècle. Ils résultent des principes de politique intérieure de l'absolutisme* royal: Louis XIV, vieillissant, veut maintenir son pouvoir sur une Église française unifiée et catholique, qui exclurait les jansénistes et les protestants, partisans d'une religion plus exigeante que celle que les Jésuites ont aménagée pour le besoin des grands de ce monde.

Les persécutions du pouvoir royal ont deux objectifs: les jansénistes et les protestants. Persécutés dès 1650, les jansénistes verront Port-Royal, leur abbaye, et leurs écoles fermées, leur clergé dispersé et poursuivi. Condamnés par le pape Clément XI en 1713 par la bulle Unigenitus, ils seront excommuniés par l'Église catholique.

Les protestants, depuis longtemps en butte à des brimades orchestrées par le pouvoir, sont voués à l'exil par la révocation, en 1685, de l'Édit de Nantes, qui protégeait depuis Henri IV les réformés en France.

Or, ces conflits religieux perdurent à l'époque de Voltaire. L'opposition entre Jésuites et jansénistes s'est désormais étendue au combat des philosophes contre une religion accommodante et indulgente aux grands, représentée dans l'œuvre par les jésuites que rencontre Mlle de St-Yves, et le Père de la Chaise, confesseur de Louis XIV. Les jansénistes, qui prônaient une religion austère fondée sur la connaissance des textes sacrés, ont été les premiers à contester l'arbitraire royal et les privilèges. Ils sont dans *L'Ingénu* incarnés par Gordon, avec qui le personnage éponyme s'initie, à la Bastille, à la connaissance. À la mort de Louis XIV, beaucoup de jansénistes sont emprisonnés. Le combat philosophique du XVIIIe siècle s'accorde avec certaines de leurs critiques sur la collusion entre le pouvoir royal et les jésuites : Voltaire mène une véritable guerre au Journal de Trévoux qui, depuis 1751, cherche à discréditer l'entreprise de *L'Encyclopédie* et le discours des philosophes des Lumières. En 1764, Voltaire triomphe : la Compagnie de Jésus est dissoute en France par Louis XV.

Les échos entre 1689 et 1767 ne sont pas anodins dans un autre domaine : celui des persécutions contre les protestants. Si la fin du XVIIe siècle a connu un important exode des protestants vers les Pays-Bas et l'Allemagne, ceux qui sont restés en France sont les cibles d'une justice arbitraire : les condamnations abusives continuent, avec notamment l'affaire Calas, et Voltaire se mobilise pour les dénoncer et les faire casser.

Le sous-titre du conte apparaît donc comme une provocation. En faisant du P. Quesnel son auteur, Voltaire adopte le point de vue des persécutés jansénistes et protestants à travers l'œil neuf du Huron : il accuse leurs persécuteurs, les jésuites.

En même temps, ce sous-titre crée un effet de réel : il crédite l'histoire du Huron d'une certaine authenticité qui efface le narrateur derrière le fait vrai et lui confère une autorité. L'Ingénu devient seul révélateur du monde que parcourent sa curiosité et son analyse.

■ La théâtralité

Auteur de tragédies, admirateur de Molière, Voltaire transpose au conte ses savoir-faire de théâtre : scènes rapides, effets visuels et langagiers comiques ou pathétiques, monologues et dialogues percutants, coups de théâtre.

En introduisant l'étranger dans un petit monde refermé sur lui-même, l'auteur insère un regard neuf sur un pays inconnu et fait apparaître ses ridicules contradictions. Entre la nature huronne et les superstitions basse-bretonnes antinomiques, tout est calculé pour que la visite prenne le sens d'une démonstration. Démonstration de l'inanité de l'ethnocentrisme* européen : « L'abbé de St-Yves lui demanda laquelle de ces trois langues lui plaisait davantage, la huronne, l'anglaise ou la française ? La Huronne, sans contredit, répondit l'Ingénu. Est-ce possible ? s'écria mademoiselle de Kerkabon ; j'avais toujours cru que le français était la plus belle des langues après le bas-breton » (ch. I). Démonstration de la relativité des religions dans le débat sur la conversion du Huron (ch. III), sur la réalité de la Providence « je fais réflexion au nombre prodigieux qui partent d'un hémisphère pour aller se faire tuer dans l'autre ou qui font naufrage en chemin, et qui sont mangés des poissons : je ne vois pas les gracieux desseins de Dieu sur tous ces gens-là » (ch. X, p. 349). Cela donne lieu, outre des dialogues savoureux, à de véritables discours idéologiques : celui du père Tout-à-Tous est un exemple de rhétorique* sophistique* qui allie la rigueur du raisonnement à l'immoralité des arguments (ch. XVI, p. 365) ; celui du Huron sur le ministre de la guerre qu'il prendrait s'il était roi, constitue une véritable critique des ministres en place.

De cette volonté de théâtraliser en utilisant le moins possible la description, le plus possible l'action, naît une série de tableaux correspondant à autant de chapitres dont le titre est significatif.

Des satiriques d'abord : « Le Huron devenu l'Ingénu converti (ch. III) », « L'Ingénu baptisé (ch. IV) », « L'Ingénu amoureux (ch. V) », « L'Ingénu court chez sa maîtresse et devient furieux (ch. VI », « L'Ingénu repousse les Anglais (ch. VII) », « L'Ingénu va en cour (ch. VIII) » ; On remarque, par là, la rapidité de l'évolution spirituelle et du déplacement géographique, certes un peu schématiques, que subit le Huron. Ce schéma traditionnel et les gauloiseries qui peuvent s'y rattacher, attendues dans un conte satirique, ne constituent que la première partie de l'oeuvre. Mais cette première partie a le mérite, comme au théâtre, de préparer par les péripéties, le nœud de l'action, la catastrophe, le dénouement. C'est l'amour du Huron pour Mlle St-Yves et son ambition qui le poussent à partir pour Paris ; c'est la rencontre de Saumur et l'inimitié du bailli qui l'enverront à la Bastille ; c'est l'amour de St-Yves qui la conduira à Versailles, lui fera accepter le dernier sacrifice, réunira les amants. Des échos puissants se tressent aussi grâce à ces saynètes* très condensées : c'est un jésuite qui perd le Huron (ch. XVIII), c'est un jésuite qui pousse Mlle de St-Yves à sa perte ; en entendant les doléances des protestants et en s'insurgeant contre l'injustice qui leur est faite, l'Ingénu a un aperçu de ce qui fera le fond de ses débats avec Gordon.

Mais dans la deuxième partie du texte, domine une série de scènes touchantes, des tableaux dans le goût de l'époque (Richardson, Diderot et Greuze). La subornation de St-Yves, sa détresse d'amante confrontée à un douloureux dilemme, la scène de sa chute, le tableau des retrouvailles, de la fin de St-Yves, le « spectacle de sa mort », le désespoir de l'Ingénu, le repentir de Saint-Pouange, relèvent, dans l'expression des sentiments et l'évocation des attitudes, de l'art dramatique. Embrassements, agenouillements, jeux de regards, tout prend un tour paroxystique* qui rattache l'œuvre à l'idéal du drame bourgeois.

Voltaire utilise le coup de théâtre. La reconnaissance du neveu grâce à un médaillon (ch. II) remonte à la tradition antique et engage l'Ingénu à la France ; l'irruption indélicate de la dévote amie exhibant les diamants de Saint-Pouange au milieu de la fête (ch. XIX, p. 372) constitue une dissonance irrémédiable qui dépouille St-Yves de sa vertu salvatrice pour ne lui laisser que la conscience de son crime.

▪ De la quête à l'enquête

En choisissant le conte, Voltaire se détermine pour une forme qui se cherche, forme mineure que lui-même ne considère pas comme sérieuse et qu'il qualifie de « sornettes, romans, histoires du jour [...] fatras obscurs, miracles, oracles ». Il constitue un non-genre littéraire où l'imagination peut se donner libre cours car les limites qui le circonscrivent sont très vagues. Forme ludique, non contrôlée par les codes et les critiques, le conte permet au talent de Voltaire de s'attacher au rythme et à la densité de l'action, par le découpage et l'enchaînement des épisodes, par la mise en valeur de détails significatifs.

Depuis *Micromégas* et *Zadig* les contes apparaissent comme des variantes ; Voltaire approprie au sujet un même schéma qui oppose deux plans : celui des illusions et celui de la réalité. Le conte naît, en effet, d'une difficulté surgie au cours d'une expérience quelconque. Pour le Huron, débarqué par les Anglais, reconnu par les Kerkabon comme leur neveu et amoureux de Mlle de St-Yves, l'interdit du mariage est le moteur de ses aventures à Paris. Les tentatives de résolution impriment au conte le sens et le mouvement du récit. Plus on avance, et plus la résolution paraît difficile : quelle issue pour l'Ingénu enfermé à la Bastille, peut-être pour toute une vie comme le souligne le commis (ch. XIII) et pour Mlle de St-Yves, « jeune, belle, sans conseil, sans appui, inconnue, exposée à tout » (ch. XIII, p. 359). Cette unité du conte voltairien dans sa structure, qui reste celle de la multiplicité, permet de le considérer sous plusieurs angles.

L'Ingénu obéit au rituel du conte, qui inscrit entre départ dans la vie et révélation finale une gamme plus ou moins riche d'aventures déconcertantes, de tribulations, d'anecdotes. On peut cependant, comme pour les autres contes de Voltaire, le relier à une double démarche, philosophique et historique.

L'organisation de la pensée sous la forme du conte découle d'une nécessité philosophique : Voltaire, après les leçons de Newton et Locke, estime nécessaire de revenir, avec modestie, sur ce que nous savons ou croyons savoir de la nature humaine. Cette connaissance nouvelle fondée sur l'empirisme ne peut progresser qu'en s'appliquant à des phénomènes humains rigoureusement dégagés au préalable de jugements moraux, de l'emprise de la superstition : en choisissant, avec le Huron, un personnage sorti d'une non-civilisation, en choisissant le « sauvage », Voltaire s'assure de la vacuité absolue du héros en matière de connaissances et de dogmes. De ce fait, la fiction et l'arbitraire* du récit propres au conte ne sont pas étrangers à la méthode philosophique. La progression narrative permet d'organiser les formes de l'expérience qui corroborent l'enseignement, négatif ou non, de l'histoire mise en conte. L'Ingénu découvre ainsi successivement, par sa venue en France, la religion chrétienne, les convenances sociales, l'arbitraire du pouvoir politique, la culture scientifique et littéraire, le malheur injuste, éléments de la condition humaine soumis à son regard neuf.

Le conte est aussi un moyen de réécrire l'Histoire, mais son apparente gratuité lui permet de souligner dans la succession des actes et des événements toutes les possibilités de non-sens là, où l'historien les intégrerait dans une signification plus large. Ainsi, l'exil des huguenots chassés par la Révocation de l'Édit de Nantes, fait historique incontestable, donne lieu à une relecture « naïve », mais non moins signifiante, du Huron : « D'où vient... qu'un si grand roi dont la gloire s'étend jusque chez les Hurons, se prive ainsi de tant de cœurs qui l'auraient aimé et de tant de bras qui l'auraient servi ». De même la fin de l'œuvre, où tous les protagonistes, même les plus condamnables, sont récompensés, en sacrifiant à la vérité historique de l'injustice du temps, est une façon de se donner les moyens de comprendre que l'ordre des temps n'est peut-être qu'un désordre voire un motif de scandale, pour une raison exigeante.

4 - LE MÉLANGE DES GENRES

L'Ingénu présente un mélange de genres qui se réfère avec verve au récit sur l'Amérique (ch. 1), aux fabliaux du Moyen-âge (la conversion et le baptême, ch. III et IV), au roman libertin (ch. XIII, XV-XVII), au dialogue philosophique (ch. X-XII, XIV), au roman sensible (ch. XIX-XX, mort de St-Yves). Le point de départ de Voltaire est le conte satirique : le comique est donc fortement présent dans l'œuvre. Mais l'infléchissement imprimé au conte par la quête et la personnalité de St-Yves, prenant la place du héros initial à partir du chapitre XIII, produit un glissement de registre notable.

■ Le conte satirique

Comme toujours dans la composition du conte, Voltaire part d'une schématisation. À l'origine, une note de Voltaire retrouvée par René Pomeau, et publiée sous le titre *Une esquisse inédite de l'Ingénu* dans la « Revue d'Histoire littéraire » (1961, pp. 58-60) présente ainsi le scénario initial de *L'Ingénu* :

> « Histoire de l'Ingénu, élevé chez les sauvages puis chez les Anglais, instruit dans la religion en Basse-Bretagne, tonsuré confessé se battant avec son confesseur, son voyage à Versailles chez frère Letellier son parent, volontaire deux campagnes sa force incroyable. Son courage veut être cap [itaine] de cav [alerie], étonné du refus. Se marie, ne veut pas que le mar [iage] soit un sacrem [en]t, trouve très bon que sa femme soit infidèle parce que lui-même l'a été. Meurt en défendant son pays, un capitaine anglais l'assiste à sa mort avec un jésuite et un janséniste, il les instruit en mourant ».

Ce canevas montre les moments dont Voltaire se sert comme amorce critique : l'itinéraire qui fait passer le Huron des sauvages, aux anglais, en Basse-Bretagne où il est converti (I-V), ses états héroïques en Bretagne (VII), le voyage à Versailles (VIII), le refus opposé à sa volonté d'être capitaine de cavalerie (IX) sont conservés. Mais déjà se trouvent ici des « vacances » du récit auxquelles Voltaire va donner une forte connotation* polémique : du voyage à Versailles découle, dans le dernier état du conte, l'épisode des Huguenots, la confrontation au pouvoir inaccessible et méprisant, l'incarcération à la Bastille.

De même le mariage, le refus de le considérer comme un sacrement, l'infidélité réciproque se trouvent désormais profondément transformés à des fins polémiques : cela permet d'introduire l'épisode « sauvage » du mariage naturel (ch. VI), et surtout de transformer l'infidélité de l'héroïne en une suite d'épisodes dramatiques où les atteintes d'un pouvoir immoral font de la vertu torturée une victime pathétique d'un monde voué à l'ignominie.

On voit comment le conte, tout en restant dans la satire des pouvoirs politiques et religieux, glisse du comique au pathos*.

■ Le comique

Fidèle à son admiration pour Molière, Voltaire le prodigue dans tous ses états.

Le comique de mots apparaît sous deux formes. D'abord, l'onomastique : Kerkabon signifie plaisamment « la demeure où c'est bon », le père jésuite « Tout-à-Tous » s'occupe de tout et de tous, et se met au service de tous les vices. La seconde forme de comique s'appuie sur le quiproquo verbal : l'Ingénu croit qu'épouser signifie faire l'amour, et se précipite sur Mlle de St-Yves sans attendre le mariage.

Le comique de situation est également présent : conforme aux traditions qu'il a lues dans « le livre », le Huron attend patiemment, dans la plus complète nudité, qu'on vienne le baptiser au milieu du fleuve (ch. VI). La dévote interprète le fait que l'entrevue de St-Pouange avec St-Yves s'éternise (ch. XV) en s'inspirant des convenances : sans doute, le grand seigneur refuse-t-il de céder aux prières de la jeune fille. Cette vision s'oppose à ce que le lecteur connaît de la scène : en fait, Saint-Pouange tente d'abuser de la jeune fille, et c'est elle qui résiste. De même, dans le recueillement de la confession, il est comique d'assister au revirement du père Tout-à-Tous quand il apprend que le libertin qui soumet St-Yves à un odieux chantage est Saint-Pouange, favori du ministre qu'on ne saurait critiquer.

Le comique de caractère se révèle essentiellement dans la simplicité de l'Ingénu : sûr que sa bravoure et ses faits d'armes lui obtiendront la reconnaissance royale, il est qualifié de « fou du roi » par les gens de Saumur (ch. VIII, p. 345) et le commis qui le reçoit à Versailles « conclut comme les gens de Saumur, qu'il n'avait pas la tête bien saine » (ch. IX, p. 347).

L'ironie, représentée par l'antiphrase, s'exprime dans tous les termes élogieux employés pour des personnages abjects : le père Tout-à-Tous, est qualifié de « bon confesseur », l'entremetteuse, qui conseille à St-Yves de sacrifier sa vertu, de « bonne amie », « brave personne », « dévote ». Comme dans *Candide*, la périphrase qui permet de souligner l'innocence du héros apparaît dans la définition de la Bastille, présentée dans son origine historique : « le château que fit construire le roi Charles V, fils de Jean II auprès de la rue St-Antoine, à la porte des Tournelles » (ch. IX). Enfin, le jeu sur les conséquences, produisant le résultat inverse de celui attendu, contribue aussi au cocasse de la satire : dans la situation tragique où se trouve St-Yves, « le praticien redoubla le mal par sa précipitation à prescrire un remède alors à la mode « (ch. XIX). Ce comique peut aller jusqu'au burlesque : dans le désespoir le plus profond de St-Yves qui la conduit au suicide, la dévote tente de la consoler en évoquant le « petit poste » qu'elle a obtenu pour son mari en vendant ses charmes à qui de droit (ch. XVII).

L'ironie provient de la distance que Voltaire maintient entre lui et son sujet, grâce au point de vue d'un observateur extérieur qui regarde agir les personnages, et les laisse se définir eux-mêmes par leurs actions. Mais elle est doublée d'un registre pathétique.

■ Le glissement vers le pathos

L'originalité de *L'Ingénu* réside dans son ton particulier, qu'on a appelé « l'ironie sensible ». Le conte combine en effet la distance ironique, qui le rattache à l'ensemble des contes voltairiens, et le recours à l'émotion, qui le rapproche du roman.

Cette évolution, postérieure au projet initial, s'explique par le goût du public, qui s'est modifié entre 1759 et 1767. Or la dette de *L'Ingénu* au roman sensible* est considérable. Il lui emprunte deux de ses caractères principaux qui, pour antinomiques qu'ils soient au premier abord, s'y trouvent toujours chez lui intimement liés : le réalisme et la sentimentalité. Peu à peu, en effet, au cours du roman, la peinture l'emporte sur la caricature, et la sensibilité sur la satire.

Le conte reprend tous les thèmes du roman noble parodiés dans *Candide*. Le Huron, héros courageux et fidèle, et Mlle de St-Yves, héroïne aimante et vertueuse, apparaissent comme deux cœurs profondément accordés l'un à l'autre, situation idyllique où le rêve semble prendre sa revanche sur la vie. L'analyse intérieure du personnage de St-Yves, « généreuse et respectable infidèle », (ch. XIX), dans l'extrémité où elle se trouve réduite, montre la richesse de cette âme délicate et fière, pudique et résolue à la fois. Le dénouement ne donne pas lieu à une caricature, mais exalte la grandeur du personnage. Pour créer cette atmosphère d'exaltation, Voltaire s'inspire de son propre théâtre : le récit final est agencé comme un drame et se construit à partir de la crise vécue par St-Yves confrontée aux exigences de Saint-Pouange (ch. XV). Il se développe dans des péripéties qui exposent la vertu à sa perte (ch. XVI-XVII), et se résout en un dénouement douloureux : la mort de St-Yves.

Ce glissement du comique au pathétique est lié au double schéma narratif, mettant en scène à la fois les destins parallèles et opposés d'un héros et d'une héroïne : l'héroïsme de l'Ingénu n'est pas du même ordre que celui de St-Yves. Par sa résistance à l'oppression et son éducation, l'Ingénu se libère des ridicules qui le faisaient remarquer au début de l'œuvre. Il accède à la grandeur par l'émancipation intellectuelle, et son héroïsme se situe dans l'ordre de l'esprit. Mlle de St-Yves a participé à un monde aux règles corrompues qui a tué en elle les valeurs nobles, ce qui la place dans l'ordre de la sensibilité. On glisse ainsi du versant plaisant du conte à un versant douloureux.

3

THÈMES

1 - LA SATIRE POLITIQUE ET RELIGIEUSE

Retranché à Ferney, désormais en mesure de se soustraire aux intolérances et aux persécutions, Voltaire se lance dans la bataille philosophique par des œuvres de plus en plus virulentes, comme le *Traité sur la tolérance*, le *Dictionnaire philosophique* et les *Questions sur l'Encyclopédie*. Par ses pamphlets, ses lettres, il nourrit ses campagnes en faveur des opprimés. Le conte participe à l'énergie de la lutte philosophique.

L'Ingénu transpose et traduit sa révolte contre un régime qui tolère ou encourage d'insupportables crimes, contre une religion qu'il exècre – une de ses devises est « écrasons l'infâme » –. Il propose donc, au-delà de la dénonciation politique et sociale, la condamnation de la religion catholique et de ses séides*.

▪ Critique politique et sociale

L'œuvre est d'abord un formidable brûlot contre le pouvoir, l'administration, la justice de l'époque de

Louis XIV, mais suggère sans cesse un parallèle avec le temps de Louis XV.

Un pouvoir abusif

Voltaire dénonce la responsabilité des rois et des courtisans. La responsabilité des rois réside dans leur appétit de conquêtes, qui s'embarrasse peu du coût humain et économique de leurs campagnes. Dans *L'Ingénu*, les Anglais débarquent sur les côtes françaises pour les ravager ; ils rencontrent une résistance mal organisée, une milice qui aurait été vaincue sans le secours impromptu du héros (ch. VII, p. 342-43).

Celui qui concentre en lui tous les pouvoirs, le roi, apparaît comme le jouet de l'influence néfaste des jésuites, et des intérêts particuliers des grands seigneurs. Dans le chapitre VIII, l'indignation de l'Ingénu, et derrière lui de Voltaire, contre la persécution protestante se donne libre cours. La révocation de l'Édit de Nantes et ses effets sont présentés comme une faute politique grave : les brimades contre les huguenots, autorisées par le pouvoir, ont conduit, – et Voltaire, auteur du *Siècle de Louis XIV* et historien le sait bien – à l'affaiblissement démographique et économique de la France en lui constituant d'irréductibles ennemis pour l'avenir.

Le roi et ses courtisans sont dénoncés dans la légèreté et l'inconséquence de la lettre de Vadbled parvenant à la famille, réunie autour de St-Yves mourante : les mois de prison deviennent « une méprise » minimisée par des justifications oiseuses – « ...que ces petites disgrâces arrivaient fréquemment, qu'il ne fallait pas y faire attention » (ch. XX, p. 377) –; « l'espérance » dont on flatte l'Ingénu, désormais revenu de ses rêves de gloire, est bien ténue : « sûrement le roi daignerait le remarquer quand il passerait dans la galerie, et peut-être même lui ferait un signe de tête ». La seule grandeur qu'on lui laisse entrevoir est d'être l'objet des attentions de « toutes les dames de la cour » et d'être un sujet de conversation « au souper du roi » (p. 378), ce qui donne la mesure de ce monde futile et décevant.

Le pouvoir intérieur de Louis XIV s'appuie sur une bureaucratie fortement centralisée, qui rapporte tout au souverain et lui a permis de dire « L'État c'est moi ». À la tête de cette administration, les ministres gouvernent sous l'influence de leurs maîtresses et favoris. Louvois, ministre de la guerre, ainsi que ses « deux âmes, Mme du Belloy et Saint-Pouange » (ch. XIII), disposent sans contrôle de pouvoirs exorbitants, notamment les « lettres de cachet ». Les décisions irrévocables des grands, comme Saint-Pouange, sont prises à la légère, sous le coup du caprice ou dans le secret des alcôves ; ces grands seigneurs sacrifient l'intérêt général à leur goût du moment et font peu de cas de la dignité humaine. Dans leur mouvance gravitent des hommes sans scrupules : Vadbled, valet du confesseur du roi, est présenté, au chapitre XX, comme un « homme très important, lui qui mandait aux archevêques les volontés du révérend père, lui qui donnait audience, lui qui promettait des bénéfices, lui qui faisait quelquefois envoyer des lettres de cachet » (p. 377). Voltaire a voulu montrer le pouvoir à Versailles non comme une abstraction, mais incarné dans des hommes qui favorisent par leur légèreté, leur bassesse ou leur malveillance la perversité du jeu social. Il leur oppose l'homme de mérite dans le portrait du ministre idéal brossé par l'Ingénu au chapitre XIX : « le ministre de la guerre » qu'il envisage, « homme de la plus haute naissance », lui-même officier, [...] passé par tous les grades, [...] au moins lieutenant général des armées et digne d'être maréchal de France » (p. 375), constitue probablement un hommage à Choiseul, ministre contemporain de Voltaire. En donnant la primauté à des hommes de terrain, rompus au réalisme politique, Voltaire condamne explicitement, à travers Louvois « qui fait la guerre de son cabinet » (ch. VII), les ministres courtisans que rien, sinon l'amitié du roi, ne destinait à ce poste.

Critique de l'administration royale

L'administration française recouvre deux branches du pouvoir : le politique et le religieux. Ministres, sous-ministres, premiers commis, commis relèvent du premier ; de l'autre relèvent les archevêques, évêques, révérends pères, sous-diacres, prélats de tous ordres. Mais ces deux pouvoirs coopèrent et se renforcent par le jeu des dénonciations multiples et le réseau d'espions mis en place à tous les niveaux. L'infiltration de la cour par les confesseurs jésuites, gouvernant en sous-main, sert la cause de leur ordre (ch. IX, XIII) mais aussi le pouvoir royal, en étant une source précieuse d'informations.

Versailles est organisé selon des codes que possèdent les courtisans et les subordonnés des puissants : le point de départ de l'initiation de l'Ingénu à ces arcanes du pouvoir affiche déjà l'objectif de tout le système. Son arrivée manquée « dans la cour des cuisines » suggère l'existence de deux parcours : celui des initiés et celui des importuns. De sens interdits en impasses, l'Ingénu déploie une énergie inutile puisque tout le réseau des voies administratives n'a qu'une fonction : celle de renvoyer, par des manœuvres dilatoires, les quémandeurs sans crédit. Dans sa quête, l'Ingénu éprouve constamment le décalage entre ce qu'il attendait et ce qu'il obtient : de bureau en bureau, il s'éloigne de plus en plus de son objectif initial et se perd dans les dédales d'un espace fuyant dont tous les tracés ont pour but de l'éconduire.

Entre le roi et ses sujets, une hiérarchie implacable élève des barrières infranchissables par une stratégie du détournement extrêmement efficace. Ce système où l'interlocuteur se dérobe indéfiniment, où les responsabilités se diluent, enferme le pouvoir politique dans la sphère de l'inaccessible.

Dans cette structure cloisonnée, l'œuvre démontre l'inaction des bureaucrates, indifférents aux discours du Huron mais prêts à se laisser séduire par la beauté de St-Yves. Les provinciaux, exclus des passe-droits et sans connaissance des mystères de Versailles, « vaste labyrinthe sans fil et sans issue », comme l'Ingénu et ses proches, sont menés de bureau en bureau. Voltaire dénonce ainsi violemment les réalités de l'Ancien Régime.

Injustices de la justice

Voltaire condense ses attaques contre les lettres de cachet. L'Ingénu, dénoncé par un espion jésuite qui l'a entendu plaindre les protestants, mais aussi par le bailli qui veut de débarrasser d'un rival pour son fils, se retrouve en prison sans savoir pourquoi et sans pouvoir se justifier. Le régime de l'absolutisme* royal confère au roi le pouvoir de faire emprisonner n'importe qui sans procès : Voltaire en a été victime par deux fois, et il a pu constater le fossé entre la France où aucun des droits individuels n'est reconnu et l'Angleterre où, depuis le XIIIe siècle, existe « l'Habeas corpus », qui interdit toute prise de corps et tout internement tant que la preuve de la culpabilité de l'inculpé n'a pas été faite.

Aux yeux de Voltaire et des philosophes, la lettre de cachet instaure une société de non droit puisque l'exécutif n'a pas de compte à rendre au judiciaire. Ces arrestations arbitraires, sans aucune formalité de justice, très nombreuses au XVIIIe siècle, rayent du monde des vivants ceux qu'on embastille. De là les métaphores récurrentes du cimetière et du tombeau (ch. IX, X, XIV). L'Ingénu qui éprouve avec Gordon le désarroi des prisonniers niés par le silence des hommes, des institutions, de la société s'écrie : « Il n'y a donc point de lois dans ce pays ? On condamne les hommes sans les entendre » (ch. XIV, p. 351) », dans sa révolte contre un système qui lui dénie toute existence juridique.

■ L'anticléricalisme de Voltaire

L'ironie de Voltaire s'attaque aussi bien aux dignitaires de l'Église, qu'au rituel et aux représentations métaphysiques chrétiens.

La satire du clergé

Voltaire exploite la tradition des fabliaux du Moyen Âge, qui crédite les prêtres de deux défauts : la gourmandise et la lubricité. Le prieur de Kerkabon semble échapper à ces travers : « Il était le seul bénéficier (prêtre qui dispose d'un patrimoine attaché à sa charge ecclésiastique) du pays qu'on ne fût pas obligé de porter dans son lit quand il avait soupé avec ses confrères (ch. I) ». En revanche, le père Tout-à-Tous est un gourmet, comme le montrent les cadeaux qu'il reçoit à la fin de l'œuvre, « des boîtes de chocolat, de café, de sucre candi, de citrons confits » (p. 381). Le père de La Chaise, l'archevêque de Meaux sont des voluptueux et des débauchés : le prieur les trouve enfermés avec une femme, sans doute leur maîtresse (ch. XIII, p. 357). Voltaire dénonce aussi la cupidité des religieux : le récit de Gordon – « J'ai vu un espion du père de La Chaise trahir son propre frère, dans l'espérance d'un petit bénéfice » (ch. XIX, p. 373-374) – souligne la cruauté de certaines pratiques.

Une des cibles privilégiées de la satire voltairienne est le groupe des casuistes. Prêtres issus de la

Compagnie de Jésus, ordre religieux catholique fondé en 1540 par Ignace de Loyola et devenu progressivement le plus puissant d'Europe, ils sont passés maîtres dans l'art de justifier devant Dieu un vice ou un crime par un raisonnement subtil mais faux. Attaqués par Pascal dans les *Provinciales*, par Molière dans *Tartuffe*, ils possèdent un art criminel et hypocrite de la parole par lequel ils se glissent dans les consciences : le père Tout-à-Tous est un modèle du genre. Son argument essentiel « les actions ne sont pas d'une malice de coulpe quand l'intention est pure et rien n'est plus pur que de délivrer votre mari » (p. 365), banalise l'adultère. En France, confesseurs du roi et des grands, omniprésents à tous les échelons du pouvoir, forts de leurs méthodes, ils s'insinuent dans le temporel par leur hypocrisie et leur soif de pouvoir.

À son arrivée à Paris, St-Yves essaie de rencontrer plusieurs jésuites pour sauver son amant. Elle découvre qu'il y en a pour « toutes les conditions de la vie » (ch. XIII, p. 359). Le père Tout-à-Tous, jésuite « du commun », par l'ambiguïté de son discours, met au service du mal son habileté et sa finesse.

Au-dessus du clergé, le pape, par ses pouvoirs exorbitants, n'échappe pas à la dénonciation de Voltaire. La réaction de l'Ingénu, auquel les protestants expliquent que le roi doit lui obéir et lui verser tribut (ch. VIII), est une condamnation absolue : « Tous les malheureux que j'ai rencontrés ne le sont qu'à cause du pape » (ch. X).

Dérision des usages religieux

Le conte s'ouvre sur l'ironie blasphématoire de l'évocation de St Dunstan sur sa petite montagne flottante : Voltaire cherche à discréditer le merveilleux chrétien, ses miracles et ses fondations extraordinaires.

L'attaque touche aussi les textes sacrés, en particulier le *Nouveau Testament*: l'Ingénu le lit comme un « roman d'aventures », ce qui démystifie le fondement de la religion chrétienne. Il donne lieu à d'innombrables controverses, nées de la lecture littérale du Huron. Discussions, querelles, malentendus préludent à la conversion de celui-ci, en particulier le débat sur la circoncision et le baptême. Ce sacrement est traité sur un mode ambigu, mélange de grotesque et de sacré, à travers « la grande figure assez blanche du Huron dans la rivière » qui souligne l'arbitraire des rites modernes, adaptation parfois assez lâche des principes christiques.

Le choix du saint patron du Huron, Hercule, n'est pas exempt de malice: outre ses douze « miracles » célèbres dans la mythologie antique, on lui en attribue un « treizième qui valait les douze autres [...], celui d'avoir changé cinquante filles en femmes en une nuit » (ch. V, p. 336). En utilisant la grivoiserie, en abolissant la distance entre merveilleux chrétien et merveilleux païen, Voltaire suggère l'assimilation de la tradition liturgique et du culte à un vulgaire folklore, qui n'est pas si détaché des réalités de la chair.

Les pratiques de l'église catholique sont aussi l'objet de l'ironie mordante de Voltaire. L'Ingénu est confronté à l'interdit d'épouser sa marraine (ch. V), en écho à la condamnation à mort du biscayen soupçonné d'avoir épousé sa commère dans *Candide* (ch. VI) ; cet acte est assimilé, par la religion catholique, à un inceste entre mère et fils. La satire prend ici une forme acérée car tout le drame naît de là : l'engagement de St-Yves comme marraine auprès de l'Ingénu, est la promesse d'un autre sacrement qui les unirait plus étroitement. Voltaire dénonce l'imposture de la religion, qui par ses dogmes absurdes, précipite les deux amants dans le malheur. Leur destin s'en trouve bouleversé : au lieu du mariage qu'ils s'étaient promis, c'est la mort de l'héroïne, la séparation irrémédiable qui attend les amants. À l'opposé du désespoir silencieux de ses proches, les manifestations religieuses qui entourent le cercueil de la jeune fille traduisent l'hypocrisie et l'indifférence : « deux prêtres, à côté d'un bénitier, récitent des prières d'un air distrait, [...] des passants jettent quelques gouttes d'eau bénite sur la bière par oisiveté » (ch. XX, p. 379-80). À travers elles, Voltaire stigmatise un cérémonial creux et grimaçant.

Enfin, l'œuvre condamne les couvents, où les filles nobles à qui leur famille refusait une dot étaient cloîtrées. Voltaire, dans le chapitre VI, en donne une définition critique « espèce de prison où l'on tenait les filles renfermées, chose horrible, inconnue chez les Hurons et chez les Anglais » (p. 341). Les critiques de ces pratiques furent assez nombreuses pour que les pouvoirs publics prennent des mesures : en 1768, un édit royal interdit de prononcer des vœux avant vingt ans et ferma certains couvents.

Quant aux disputes théologiques et aux persécutions de tous ordres, l'Ingénu, éclairé par la lecture et la réflexion, les juge dérisoires. Il dénoue le débat des jésuites et des jansénistes sur le problème de la grâce divine par une condamnation péremptoire : « Voulez-vous que je vous parle avec une confiance hardie ? Ceux qui se font persécuter pour ces vaines disputes de l'école me semblent peu sages ; ceux qui persécutent me paraissent des monstres » (ch. XIV, p. 361). De même, il récuse les maux que les hommes s'infligent les uns aux autres par la censure et les persécutions religieuses en reprenant la maxime issue du *Bélisaire* de Marmontel, interdit par la Sorbonne : « La vérité luit de sa propre lumière et on n'éclaire pas les esprits avec les flammes du bûcher » (ch. XI).

L'héritage des guerres de religion

Après la révocation de l'Édit de Nantes, qui frappe d'interdit les protestants, une déclaration de 1724 rend les pasteurs passibles de la peine de mort et condamne leurs fidèles aux galères ou à la prison.

Dans *L'Ingénu*, dont l'aventure se situe juste après la révocation de l'Édit de Nantes, Voltaire fait état du dépeuplement de la ville de Saumur (ch. VIII), passée en six ans de 15 000 à 6 000 âmes. Il évalue les départs à 500 000, auxquels s'ajoutent 50 000 conversions forcées (ch. VIII). Les données historiques attestent 200 000 protestants hors de France, et soulignent l'appauvrissement du pays dans la mesure où ils appartiennent à une élite militaire, commerçante, intellectuelle.

2 - L'ILLUSTRATION DE L'HUMANISME DES LUMIÈRES

■ De la raison naturelle à la conscience éclairée

L'homme naturel

Cette notion a évolué dans l'esprit de Voltaire. À l'époque de *Candide*, l'influence de *L'Ecclésiaste*, traduit en 1756 pour Mme de Pompadour, la familiarité de Voltaire avec le *Livre de Job*, l'amènent à concevoir la Nature comme un « abîme immense » qui interdit à l'homme toute vérité ; le savoir, comme tout le reste, est vanité. Voltaire considère alors que les hommes « ont un peu corrompu la nature » et « s'ils ne sont point nés loups, ils sont devenus loups » (ch. V) ; et le droit naturel défini par Cacambo aux Oreillons souligne la cruauté innée chez l'homme : « Le droit naturel nous enseigne à tuer notre prochain et c'est ainsi qu'on agit sur toute la terre » (ch. XVI).

Cependant, l'Ingénu est fort éloigné de cette définition pessimiste : « instruit par la nature », c'est-à-dire n'ayant rien appris, il présente cette conscience vierge de tout ce qui pourrait abuser ou troubler sa perception des choses, la « tabula rasa » des anglais. Et s'il est « homme naturel », c'est qu'il est l'homme des origines : « Je m'imagine que les nations ont été longtemps comme moi ; qu'elles ne se sont construites que fort tard, qu'elles n'ont été occupées pendant des siècles que du moment présent qui coulait, très peu du passé et jamais de l'avenir [...] Ne serait-ce pas là l'état naturel de l'homme ?» (ch. XI, p. 353).

Car chez lui, Nature n'exclut pas raison : il n'admet rien qui n'ait été au préalable analysé, contrôlé, il joue un rôle actif dans sa propre éducation. Dépourvu de préjugés, donc libre en esprit, le mieux à même de distinguer le sensé de l'insensé, il embarrasse son premier professeur, le père de Kerkabon : « il proposait quelquefois des difficultés qui mettaient le prieur bien en peine » (ch. III, p. 332) et il émerveille son maître savant, Gordon : « Tout ce que disait ce jeune ignorant instruit par la nature faisait une impression profonde sur l'esprit du vieux savant infortuné » (ch. XIV, p. 361). Souvent sa pensée jaillit avec force, sans s'embarrasser du respect ou des codes sociaux.

Enfin, chez lui, la Nature se conjugue aussi avec la sensibilité. Si, au début de l'œuvre, il oppose aux refus de Mlle de St-Yves la « loi naturelle » (ch. V), et si pour la petite société de Basse-Bretagne, l'accord chez lui du cœur avec l'instinct apparaît comme la menace du « sauvage », il est aussi capable d'un sentiment spontané de compassion et de générosité devant les infortunes des huguenots : « Il est impensable qu'on ne se rende pas à cette vérité quand on la sent » (ch. X).

La leçon de l'Angleterre

Voltaire, depuis le séjour en Angleterre et les années d'études à Cirey, éclaire sa réflexion personnelle à la source de penseurs que lui a fait connaître son ami Bolinbroke : Locke, Pope et Newton.

Dès les *Lettres philosophiques*, il rend hommage à Locke et à son ouvrage, l'*Essai sur l'entendement humain* : « au lieu de définir ce que nous ne connaissons pas, il examine par degré ce que nous voulons connaître ». Pour Locke, le seul moyen d'accéder à la vérité est de s'engager dans sa quête avec une conscience vierge, la « table rase » des empiristes anglais, qui fait de l'esprit une cire molle destinée à recevoir l'empreinte de l'expérience et dont Mary Shelley s'inspirera pour imaginer la créature de *Frankenstein*. Dans cette conception de la cognition, la conscience se forme peu à peu. Ainsi, le héros du conte voltairien, défini par la pureté ou l'innocence et ayant pour mission de découvrir le monde, ne peut conquérir ses certitudes qu'au prix d'un certain nombre d'essais et d'erreurs. Or, pour Locke, il n'existe que deux voies du savoir : « les connaissances sûres, celles dont les idées s'accordent avec les choses, les autres, celles qui ne s'appuient pas sur les choses » ; il considère celles-là comme « chimériques et frivoles ». Comme Voltaire le fera avec *L'Ingénu*, Locke imagine un étranger, un « américain intelligent », engagé dans une quête sur la nature des choses et aux prises avec les vagues notions, véhiculées par les philosophes, de « substance », « d'accident », des mots qui ne recouvrent à ses yeux aucune réalité. L'Ingénu, au cours de son éducation, se fait l'écho de cette conception aporétique* : « Quoi ! notre imagination et nos sens nous trompent à ce point ! quoi ! les objets ne forment point nos idées et nous ne pouvons nous les donner nous-mêmes » (ch. X, p. 350). Il est tout près d'éprouver face au cosmos le sentiment de Micromégas, nourri des leçons de Newton : « Jupiter et Saturne roulent dans ces espaces immenses ; des millions de soleils éclairent des milliards de mondes ; et dans ce coin de terre où je suis jeté, je trouve des êtres qui me privent, moi voyant et pensant, de tous ces mondes… » (ch. XI, p. 354-355).

Le bon sens naturel de l'Ingénu, son aptitude innée à la réflexion et au raisonnement en font un personnage « d'étranger-visiteur-juge » : confronté à l'ethnocentrisme* de l'Europe et à l'orgueil des idéologues, il répond par l'appréciation lucide des rapports de l'homme au monde physique. De cela doit découler une éthique* de la limitation : « Nous sommes de petites roues de la machine immense dont il [Dieu] est l'âme ; […] il agit par des lois générales et non par des idées particulières : cela seul me paraît intelligible ; tout le reste pour moi est un abîme de ténèbres » (p. 351) ». Il opte pour une éthique de médiocrité prudente, qui peut apporter à l'homme un bonheur relatif, dans la mesure où il aura pris conscience de ses limites. En cela, il est proche de la leçon de Pope dans son *Essai sur l'homme* : l'homme doit borner ses prétentions à ses proportions ; vouloir s'élever au-dessus de la condition humaine par la science, c'est tromper le vœu de la nature.

L'affrontement entre conscience et réalité

Ce qui crée cette accession à la conscience éclairée chez l'Ingénu, c'est la constriction du héros sur lui-même, à l'opposé de la dilution de Candide. En effet, enfermé dans un lieu étroit, propice à la réflexion certes mais hors de la société, limité à Gordon dans ses contacts humains, le héros, seul face à l'opacité du monde, cherche à percer son mystère par le savoir. Au lieu de l'Eldorado, lieu qui n'existe pas et que Candide quitte, la prison où l'Ingénu reste plus d'un an le donne à lui-même et à l'humanité grâce à l'action combinée des nourritures intellectuelles et affectives : les livres et l'amitié de Gordon.

Désormais, la conscience de l'Ingénu le conduit à assumer comme une tâche un devoir de solidarité que lui dictait déjà naturellement sa sensibilité primitive. Dans un univers où chacun ne pense qu'à soi, l'Ingénu dès le début de l'œuvre se définissait essentiellement par sa référence à autrui : il aide la milice contre les anglais (ch. VII), il promet de parler au roi des protestants (ch. VIII). Au sortir de la prison, il demande la libération de Gordon, et en choisissant un destin « d'officier et de philosophe », s'engage dans l'activité pour autrui. Le principe d'humanité, incarné par le héros, se heurte dans le plan de la société à l'absurdité et au mal : persécutions des protestants et des jansénistes, arbitraire royal, immoralité, atteinte à la vertu. Sur le plan individuel, il se heurte à la méchanceté et à l'envie (dénonciation, internement) mais il illustre ainsi le fait que, pour Voltaire, toute sagesse pour rayonner doit lutter contre les ténèbres.

▪ L'anti-Rousseau

L'objet du débat

L'affrontement de Voltaire et Rousseau sur la question de l'homme naturel est engagé depuis vingt ans. Si Rousseau, quand il analyse l'évolution des sociétés humaines, observe un « changement très remarquable » qui fait « d'un animal stupide et borné un être intelligent et un homme », il condamne cependant, dans le *Discours sur les sciences et les arts*, le progrès qui a corrompu les hommes. Il déplore, dans le *Discours sur l'origine de l'inégalité*, que l'homme ait quitté l'état de nature, qui lui assurait le bonheur, pour se constituer en société, système auquel la nature ne prédisposait pas l'homme primitif, et qui, en le privant de sa liberté originelle, contribue à « rendre un être méchant en le rendant sociable ». Pour Voltaire, au contraire, la société a valorisé l'homme primitif: produit de cette transformation, l'être socialisé, cultivé, maître de ses facultés et conscient de ses devoirs, « civilisé », se montre alors seul digne du nom d'homme.

Le débat se poursuit en prenant parfois un tour agressif. Déjà, dans sa *Lettre à Rousseau*, Voltaire tournait en dérision les thèses de son adversaire : « On n'a jamais employé tant d'esprit à vouloir nous rendre bêtes ; il prend envie de marcher à quatre pattes quand on lit votre ouvrage ». Dans sa *Lettre au Docteur Pansophe*, véritable pamphlet*, Voltaire reproche à son adversaire de croire que le « vrai mérite » est de paraître « singulier », qu'un « ivrogne vaut mieux que tous les philosophes d'Europe », que les bienséances ne sont que des « préjugés ». Aussi pour se moquer de la vision rousseauiste de l'homme à l'état de nature, le Huron, au début du conte, boit beaucoup, s'échauffe facilement, impose avec force ses vues les plus bizarres, au point que son comportement à Saumur et Versailles paraît celui d'un fou.

Alors que, dans le *Contrat social*, l'ambition de Rousseau est de refonder la société dont il affirme le caractère asservissant – « L'homme est né libre et partout il est dans les fers » – en trouvant « une forme d'association qui défende et protège de toute la force commune la personne et les biens de chaque associé qui n'obéisse pourtant qu'à lui-même et reste aussi libre qu'auparavant », Voltaire montre le Huron renonçant à sa liberté première pour s'intégrer à la civilisation, qu'il accepte telle qu'elle est. L'ironie voltairienne à l'égard de Rousseau est particulièrement sensible dans un dernier trait : c'est la prison, l'isolement et surtout un janséniste qui transforment le Huron en « homme sociable ». Or pour Voltaire, ce statut est préférable à tout autre ; dans l'article « Homme » du *Dictionnaire philosophique* (in *Questions sur l'Encyclopédie*), il niera à nouveau le mythe de « l'homme naturel » : « Que serait l'homme dans l'état qu'on nomme de *pure nature*? Un animal fort au-dessous des premiers Iroquois qu'on trouva dans le Nord de l'Amérique. Il serait très inférieur à ces Iroquois, puisque ceux-ci savaient allumer du feu et se faire des flèches. Il a fallu des siècles pour parvenir à ces deux arts ».

Voltaire cependant reconnaît la valeur de la nature en l'homme.

Les concessions de Voltaire

Voltaire reproche à Helvétius de représenter l'homme, dans *De l'Esprit*, comme un pur produit de la civilisation ; pour lui, en l'homme, il y a « des idées innées au sens où la graine contient l'arbre ».

Il donne donc au Huron, l'homme naturel, la vigueur d'une plante qui se développerait grâce à la vertu comme se développe « le germe de ce que chacun de nous apporte » (*Le Philosophe ignorant*). Aussi, le Huron possède un esprit neuf ; ses facultés intellectuelles sont d'une rare qualité : « sa conception était d'autant plus vive et plus nette que son enfance n'ayant point été chargée des inutilités et des sottises qui accablent la nôtre, les choses entraient dans sa cervelle sans nuage » (ch. III, p. 332).

À son arrivée en France, il s'oppose de façon cocasse à l'arrivée merveilleuse de Saint Dunstan qui ouvre le conte : alors que la « montagne » qui a servi de moyen de locomotion au saint, lui fait, à son départ, « de profondes révérences », le Huron, face à Mlle de Kerkabon se contente d'un « signe de tête, n'étant pas dans l'usage de faire la révérence » (p. 323-324). Ainsi cet esprit positiviste* fait-il irruption dans le monde superstitieux de la Basse-Bretagne.

Enfin, le Huron incarne la loi naturelle, dans ce qu'elle a de respectable, l'égalité entre les hommes. Debout dans la rivière et y attendant son baptême, l'Ingénu n'est pas impressionné par l'évêque : « L'évêque vint lui parler, ce qui est beaucoup, mais il ne gagna rien : le Huron disputa contre l'évêque » (ch. IV, p. 335).

Vers l'humanité idéale

Toute la première phase d'éducation du Huron devenu l'Ingénu repose alors sur son abandon de la loi naturelle et son adhésion à la loi positive :

> « sans les conventions faites entre les hommes, la loi de nature ne serait presque jamais qu'un brigandage naturel » (ch. VI, p. 340).

Les lois produites par « des âmes sages, honnêtes, éclairées » apparaissent comme le fondement d'une société qui repose sur la vertu et la raison : « Plus on est homme de bien, plus on doit s'y soumettre » (ch. VI, p. 340).

Aussi, pour former l'Ingénu à cette nouvelle condition d'homme sociable, Voltaire lui impose un séjour prolongé à la Bastille où il développera ses qualités naturelles par l'étude : « Le jeune ingénu ressemblait à un de ces arbres vigoureux qui nés dans un sol ingrat étendent en peu de temps leurs racines et leurs branches quand ils sont transportés dans un terrain favorable » (ch. XII p. 355). En soulignant les conditions de son apprentissage, « et il était bien extraordinaire qu'une prison fût ce terrain », Voltaire suggère que l'apprentissage du Huron se fait moins par l'action que par la pensée. Car il ne s'agit pas d'étouffer dans le jeune homme la voix de la nature et de plaquer sur lui un modèle social préétabli mais il s'agit de l'amener à exploiter ses qualités : «... notre infortuné s'éclairait plus qu'il ne se consolait... son génie, étouffé depuis si longtemps se déployait avec tant de rapidité et de force... la nature qui se perfectionnait en lui, le vengeait des outrages de la fortune... » (ch. XIII, p. 356).

Mais la culture ne suffit pas à élever l'homme. L'idée fondamentale de Voltaire, et qui va à l'encontre de la thèse de Rousseau postulant la solitude de l'homme naturel, c'est que l'homme ne s'enrichit qu'au contact de ses semblables ; isolé, il se trouve plongé dans le néant. Exclus de la société et réduits au silence, l'Ingénu et Gordon sont l'un à l'autre toute l'humanité qui les a abandonnés. Ils puisent l'un dans l'autre la nourriture intellectuelle et spirituelle qui les fait accéder à l'état d'homme.

Au terme de cette métamorphose, la violence naturelle au « sauvage » devient la vertu guerrière de « l'excellent officier », l'expression de l'amour et du désir se fait de « manière plus décente ». Désormais « guerrier et philosophe intrépide », l'Ingénu affirme la domination de la raison sur l'instinct. Mais Gordon aussi change, parce que devant la mort de St-Yves il laisse parler en lui la nature : « ... il n'était pas comme ces malheureux philosophes qui s'efforcent d'être insensibles. Il était touché du sort de cette jeune fille, comme un père qui voit mourir lentement son enfant chéri » (ch. XX, p. 376).

La leçon de Voltaire est que la nature ne nous est pas donnée mais que c'est à nous de la construire : pas plus qu'on ne doit laisser la nature étouffer le génie, on ne doit laisser l'erreur et les préjugés étouffer la nature.

▪ Un épicurisme moderne

Le refus du providentialisme

Dans *L'Ingénu*, Voltaire est désormais bien loin des réconfortantes affirmations teintées de providentialisme* du *Poème sur la loi naturelle*, où il considérait l'univers comme « un temple où siège l'Éternel », et où il faisait de la nature et de la conscience des forces médiatrices entre les hommes et Dieu. En 1756, le *Dialogue entre Lucrèce et Posidonius* dénonçait la liberté humaine sacrifiée à « un ordre établi par une main éternelle où l'homme obéit à sa destinée et ne lui commande pas » et l'idéal d'une Providence éclairée se trouvait battu en brèche par la permanence du mal à l'œuvre dans le monde.

Le Huron ne déguise pas ses doutes face à Gordon, qui loue Dieu d'avoir mis « de grands desseins » en lui puisqu'il l'a conduit du Canada en Angleterre puis en France pour le baptiser et faire son salut en prison. Son destin ne lui paraît pas plus enviable que celui de tous ceux qui meurent dans l'indifférence : « je ne vois pas les gracieux desseins de Dieu sur tous ces gens-là » (ch. X, p. 349). À Gordon qui l'accueille par « Adorons la providence », il répond avec ironie ; « Je crois que le diable s'est mêlé seul de ma destinée » (ch. X, p. 348-349).

Le refus du pessimisme

Combattant, dès les *Lettres philosophiques*, le rigorisme* de Pascal, Voltaire dénonçait, dans *L'Éloge des officiers morts dans la guerre de 1741*, « cette fausse philosophie qui prétend affranchir les hommes des embarras des passions » ; et il ajoutait « nous devons peut-être aux passions les plus grands avantages de l'esprit ». C'est à ses malheurs que l'Ingénu doit sa capacité à affronter la vie : à sa sortie de prison, il estime « qu'une âme noble, reconnaissante et sensible, peut vivre heureuse » (ch. XIX, p. 374). Privé de la femme aimée, le Huron « qui parut sous un autre nom à Paris et dans les armées » (ch. XX, p. 381) n'en fait pas moins son devoir d'homme dans la société en devenant « un guerrier et un philosophe intrépide ». Pour jamais désolé de la perte injuste de Mlle de St-Yves, malgré la tentation du suicide, il trouve en lui-même la force de vivre : « Le temps adoucit tout » (ch. XX, p. 381).

Une morale de l'action

Alors que Pascal proposait, pour échapper au symbole de l'existence terrestre qu'est le divertissement, la charité comme seule voie vers la perfection, Voltaire répondait déjà dans sa XXVe *Lettre philosophique* en prônant une morale de l'action. Il reprend cette thèse à la fin de *Candide*, en la complétant par la condamnation de la quête métaphysique, sans cesse déçue. En cela, l'Ingénu est le frère de Candide : d'abord enthousiasmé par les perspectives que lui ouvrent les livres, il s'aperçoit que si les progrès de la connaissance existent en matière scientifique, il n'en va pas de même dans le domaine métaphysique. Son jugement sur la *Recherche de la vérité* de Malebranche que lui fait lire Gordon est sans appel : « Votre Malebranche [...] me paraît avoir écrit la moitié de son livre avec sa raison et l'autre avec son imagination et ses préjugés » (ch. X p. 350).

Aussi, l'Ingénu fait sienne la formule ambiguë de Gordon « *malheur est bon à quelque chose* » (ch. XX, p. 381). C'est encore un acte de foi dans la vie : « Combien d'honnêtes gens dans le monde ont pu dire : *malheur n'est bon à rien* ». Par là s'expriment le refus de tout dogme*, la confiance dans l'enseignement même douloureux de la vie, un certain épicurisme*. L'œuvre propose une fin en clair-obscur, comme dans la vie : les méchants ne sont pas punis, les héros sont blessés par la vie mais restent positifs.

Quelle transcendance ?

La condamnation de tout l'appareil religieux ne signifie pas chez Voltaire la condamnation de tout sentiment religieux. D'emblée, le Huron fait appel à la tolérance des Bretons :

> « Je suis de ma religion comme vous êtes de la vôtre » (ch. III)

Ainsi Voltaire dénonce-t-il les scories du christianisme, sectarismes, fanatismes de tout bord.

Gordon le janséniste, amené par l'Ingénu à renoncer aux « chimères », aux « absurdités inintelligibles », à « l'âpreté de ses opinions », revient parmi les hommes en refusant les spéculations métaphysiques hasardeuses. Désormais sensible à la souffrance des hommes, uni à eux par une solidarité profonde, il entre dans le monde pour affronter le mal.

Mais, comme l'Ingénu, il reconnaît la présence de Dieu dans la contemplation de l'espace cosmique : les « millions de soleils », « les milliards de monde » prouvent l'évidence d'un Être suprême. Cette leçon de Newton est aussi, paradoxalement, celle de Pascal : « c'est le plus grand caractère sensible de la toute-puissance de Dieu, que notre imagination se perde dans cette pensée » (*Pensées*, 72).

3 - LA POLYPHONIE DU CONTE PHILOSOPHIQUE

Le rapport du conte au message philosophique est chez Voltaire primordial. Lanson distingue deux types de contes philosophiques : « ceux où la narration, construite indépendamment de toute idée, sert de carcasse à supporter toute sorte de satires, de critiques, que l'auteur fait éclater successivement comme des pièces d'artifice, et ceux qui sont construits pour démontrer par toutes leurs parties une thèse définie ». L'Ingénu semble participer des deux.

La conception d'Émile Faguet en diffère sensiblement: « Un roman de Voltaire, c'est une idée de Voltaire se promenant à travers des aventures divertissantes destinées à lui servir d'illustration et de preuves. C'est un article du *Dictionnaire philosophique*, conté au lieu d'être déduit par Voltaire ».

Finalement, c'est Voltaire lui-même qui a le dernier mot avec le Huron qui s'écrie à la Bastille: « Ah! S'il nous faut des fables, que ces fables soient du moins l'emblème de la vérité! J'aime les fables des philosophes, je ris de celles des enfants, je hais celles des imposteurs » (ch. XI, p. 353). À ce titre, le conte philosophique a valeur d'enseignement; c'est le cas de *L'Ingénu*: son originalité vient de ce qu'il mêle à cette fonction fondamentale du conte un roman d'amour, inattendu dans ce contexte.

■ Le roman d'apprentissage

Le roman d'apprentissage, qui prendra toute sa valeur au XIXe siècle, est déjà présent sur la scène littéraire. Dès le début du XVIIIe siècle, les romans de mœurs et d'analyse comme *Les Lettres persanes* de Montesquieu, *La Vie de Marianne* de Marivaux, *Manon Lescaut* de l'Abbé Prévost, les romans picaresques comme *Gil Blas* de Lesage, *Le Paysan parvenu* de Marivaux et surtout le grand roman réaliste anglais avec Fielding, que Voltaire admire, ont imposé le goût de ces personnages en quête de sens. *L'Ingénu* procède de cet intérêt en présentant des conditions d'apprentissage étroitement liées à des réalités des XVIIe et XVIIIe siècles, en utilisant le voyage comme fil conducteur des diverses expériences du héros, en faisant subir au personnage central une mutation intellectuelle.

Les conditions de l'apprentissage

Elles relèvent de l'histoire et des préoccupations polémiques de Voltaire.

L'intrigue s'inscrit dans un contexte historique très précis, celui des années 1650-1690, qui fait la part belle au réalisme historique et sociologique : lutte contre les anglais sur les côtes de Bretagne, dragonnades et révocation de l'Édit de Nantes, milieu des bureaux de Versailles. Louvois, le commis Alexandre, le père de La Chaise et le père Vadbled ont vraiment existé. Les mœurs de la province sont traitées, quand Voltaire quitte le ton de la caricature, sur le mode bourgeois ou sérieux en honneur à l'époque, à mi-chemin entre le trivial qu'on retrouve dans l'épisode du « mariage à la huronne » – le chapitre VI est une vrai leçon sur les convenances et le savoir-vivre en bonne compagnie – et le noble – dont témoignent les scrupules puis les remords de St-Yves.

Mais l'œuvre est aussi l'écho des préoccupations de Voltaire dans les années 1760. Or il est habité par le double écho des persécutions passées et présentes : d'une part, il est plongé dans les corrections de son *Siècle de Louis XIV* qui s'érige contre les persécutions de ce temps, de l'autre, il est obsédé par les injustices contre lesquelles il s'engage sans cesse. L'affaire Calas, les arrestations arbitraires de La Chalotais, membre du parlement de Paris, de La Bourdonnais vainqueur de Madras et décapité en 1766, de Lally-Tollendal embastillé, d'Aiguillon, vainqueur des Anglais persécuté publiquement, le bouleversent. Pour Voltaire, particulièrement révolté par le sort du chevalier de la

Barre, la prison est pour son héros un passage obligé de l'apprentissage de l'injustice et de la persécution.

De plus, malgré la dissolution, en 1764, de la Compagnie de Jésus, le combat contre son pouvoir occulte reste toujours d'actualité : Voltaire écrit à propos de l'affaire Leclerc (1762) que les jésuites ont « toujours le pouvoir de nuire et qu'il reste un venin mortel dans les tronçons de cette vipère écrasée ».

Le voyage comme instrument d'éducation

Le conte présente un héros jeune dont le caractère et la situation sont en perpétuelle évolution au contact des principales expériences d'une vie d'homme : amour, maux dus aux causes naturelles, humaines et sociales.

Le voyage constitue un moyen de la prise de conscience face aux maux sociaux et naturels : l'Ingénu passe de Huronie en Angleterre puis en France, pour découvrir l'exil injuste des protestants, l'inaccessibilité du pouvoir, la prison :

> « J'ai vécu Huron vingt ans ; on dit que ce sont des barbares parce qu'ils se vengent de leurs ennemis ; mais ils n'ont jamais opprimé leurs amis. À peine ai-je mis le pied en France que j'ai versé mon sang pour elle ; j'ai peut-être sauvé une province et pour récompense, je suis englouti dans ce tombeau des vivants ». (ch. XIV, p. 361)

Cette initiation intellectuelle, affective et sociale, s'opère par étapes et constitue un enseignement sur les vraies valeurs, tiré de l'expérience du héros au cours de ses épreuves et de ses rencontres. Dès le début, l'Ingénu exerce son esprit critique à l'égard des croyances et des rites catholiques (ch. VI, le baptême, ch. VIII, l'exil des protestants). Mais il arrive à Paris plein d'illusions sur la société française, qu'il compose sur le modèle de sa société sauvage. Il s'imagine qu'il verra le roi, qu'il obtiendra la main de St-Yves en récompense de sa victoire sur les Anglais, qu'il pourra plaider la fin des persécutions contre les protestants. Son incarcération brutale, et pour lui incompréhensible, sonne le glas de ses ambitions.

Cette évolution intellectuelle s'appuie aussi sur un apprentissage livresque conséquent : initié à la géographie, à l'histoire et aux mathématiques, l'Ingénu s'adonne à la géométrie, à la physique de Rohault (auteur du XVIIe siècle) et à la philosophie, disputant, avec Gordon, de la grâce des jansénistes, de la *Recherche de la vérité* de Malebranche.

Les conclusions de l'apprenant

Il se forge des opinions sur tous les sujets : « Chaque jour la conversation devenait plus intéressante et plus instructive » (ch. X p. 350).

Il juge l'histoire comme un « tableau des crimes et des malheurs » (p. 351) et n'admire que celle de la Chine pour sa véracité et son ancienneté. Il découvre le théâtre, fait des choix éclairés parmi les classiques et considère leurs détracteurs comme « des moucherons qui vont déposer leurs œufs dans le derrière des plus beaux chevaux » (ch. X, p. 354). Il reste d'un bon-sens aigu devant les errements de la religion. Après s'être tiré honorablement du guêpier qu'est la question de la grâce, par une subtilité qui « embarrassait fort le bonhomme [Gordon] » (p. 351), il condamne le jansénisme :

> « Toute secte me paraît le ralliement de l'erreur. Dites-moi s'il y a des sectes en géométrie. (ch. XIV, p. 360)

S'il accepte la puissance divine, c'est dans ce qu'elle a d'incompréhensible :

«...nous sommes sous la puissance de l'Être éternel comme les astres et les éléments ; (...) il fait tout en nous, (...) Nous sommes de petites roues de la machine immense dont il est l'âme » (ch. X, p. 350-351).

■ Le roman d'amour

Le roman d'apprentissage se double d'un roman d'amour dans le goût du temps.

Les lecteurs de *L'Ingénu* ne s'y sont pas trompés, et Grimm souligne dans la *Correspondance littéraire* de septembre 1767 le caractère hybride du récit :

> « Le roman a eu un succès prodigieux à Paris. La première partie est charmante. La seconde a paru un peu sérieuse à beaucoup de monde et à moi, un peu languissante en certains endroits ».

En effet, à partir du chapitre XII, on passe de la comédie satirique au roman sensible.

Une évolution nécessaire

Entre 1759 et 1767 le goût du public a fortement évolué. *L'Éloge à Richardson* de Diderot, le succès de la *Nouvelle-Héloïse* de Rousseau ont préparé la voie à une nouvelle conception, sensible dans l'article « Roman » de Jaucourt dans l'*Encyclopédie* : « Enfin, les Anglais ont heureusement imaginé de tourner ce genre de fictions à des choses utiles, et de les employer pour inspirer, en amusant, l'amour des bonnes mœurs et de la vertu, par des tableaux simples, naturels et ingénieux des événements de la vie. C'est ce qu'ont exécuté avec beaucoup de gloire et d'esprit MM. Richardson et Fielding ».

Si Voltaire est resté longtemps hostile au roman anglais et, en particulier, à Richardson dont il dit : « les longs et insupportables romans de *Paméla* et de *Clarisse* excitent la curiosité du lecteur à travers un fatras d'inutilités », il s'est mis à apprécier l'originalité du *Tristram Shandy* de Sterne et le *Tom Jones* de Fielding.

Ainsi, le roman, reconnu instructif, cherche à reproduire un reflet de la réalité et l'analyse des mouvements du cœur tend à le rendre émouvant.

L'amour, élément de la satire sociale

Alors que l'Ingénu professe dès le début du conte une conception chevaleresque et cornélienne de l'amour en répondant à la question de Mlle de St-Yves « comment fait-on l'amour chez les hurons », « en faisant de belles actions [...] pour plaire aux personnes qui vous ressemblent » (ch. I, p. 327), le second versant de l'œuvre est entièrement voué à la dénonciation du libertinage, qui dégrade la notion d'amour.

Voltaire rappelle la banalisation de procédés déjà dénoncés par ses prédécesseurs du XVIIe siècle, et devenus monnaie courante en son temps. On retrouve ainsi, à travers « la dévote amie », la figure de l'entremetteuse aperçue dans *L'Avare* et dans *L'École des femmes* de Molière, présente aussi dans *La vie de Marianne* de Marivaux. Le discours du père Tout-à-Tous s'inspire des arguments du Tartuffe de Molière, magistralement résumés par le fameux vers « Et ce n'est pas pécher que pécher en silence ». Le cynisme des grands seigneurs est connu de tous : Saint-Pouange prend place entre la définition de la séduction selon Dom Juan, celle du caprice d'un Almaviva (*Le Mariage de Figaro* de Beaumarchais) et celle de la débauche chez un Valmont (*Les Liaisons dangereuses* de Choderlos de Laclos). Le cynisme de la cour, où l'on ne refuse rien à une jolie fille, en vertu de la maxime énoncée ironiquement par le narrateur « il faut convenir que Dieu n'a créé les femmes que pour apprivoiser les hommes » (ch. XIII p. 359), n'a d'égal que le cynisme individuel. Voltaire fait plaisamment lire à la dévote *Le Pédagogue chrétien* dans l'antichambre du vice, et le jésuite donne à St-Yves aux abois « l'exemple de Saint-Augustin » justifiant l'adultère obligé : « La dame ne crut point mal faire en sauvant la vie de son mari » (ch. XVI, p. 365). Mais même ainsi bafoué par la société, l'amour est essentiel au conte.

L'amour, moteur du conte

La fonction de l'amour dans les contes voltairiens a évolué. Au départ, il s'est agi d'attirer et d'amuser le lecteur par des allusions libertines, des histoires grivoises : Voltaire ne dit-il pas dans une lettre du 5 janvier 1763, qu'il faut « faire court et un peu salé ». Dans *L'Ingénu*, dès les premiers chapitres, il impose le passage un peu leste où le Huron veut « épouser » Mlle de St-Yves malgré elle (ch. VI, p. 339).

D'autre part, élément important dans l'économie du récit et la constitution de son équilibre, l'amour permet de créer les contrastes essentiels à la satire : la vertu de St-Yves s'opposant au cynisme de la dévote ; la pureté des sentiments du Huron, pleurant St-Yves à la Bastille, contrastant avec les désirs libertins de St-Pouange.

Il est aussi un actant qui intervient dans le processus de transformation des personnages et de leur situation : Mlle de St-Yves, présentée au début comme une jeune fille curieuse de la nudité d'un homme au bain et effarouchée par ses libertés, devient une femme audacieuse qui trouve la force de tromper son monde pour fuir un mariage odieux :

> « elle ne rebute plus son prétendu ; elle accueille le détestable beau-père, caresse son frère, répand l'allégresse dans la maison ; puis le jour destiné à la cérémonie, elle part discrètement à quatre heures du matin ». (ch. XIII, p 358)

Le conte devient alors le récit de ses aventures : elle fuit sa province, affronte la cour, subit la concupiscence d'un grand seigneur et un viol déguisé. C'est l'amour qui dicte son sacrifice et la conduit à une fin tragique. C'est par elle, et son sacrifice qui va jusqu'à la mort, que l'amour est réhabilité aux yeux du moraliste qu'est Gordon, qui y découvre « un sentiment aussi noble que tendre ».

Roman d'amour et émotion

À la recherche d'une vérité psychologique, le roman sentimental, le roman de « l'âme sensible », ouvre sur la pitié et permet une plongée dans le cœur humain.

À travers St-Yves, la beauté féminine est présentée comme un avantage dangereux :

> « Sa jeunesse, ses charmes, ses yeux tendres mouillés de quelques pleurs attirèrent tous les regards. Chaque courtisan du sous-ministre oublia un moment l'idole du pouvoir pour contempler celle de la beauté » (ch. XV p. 362)

Mais objet de désir, séquestrée ou souillée, la beauté apparaît, dans le monde des débauchés comme St-Pouange, comme une malédiction. Le cri de St-Yves :

> « Quel labyrinthe d'iniquités ! Quel pays ! Et que j'apprends à connaître les hommes ! Un père de La Chaise et un bailli ridicule font mettre mon amant en prison, ma famille me persécute, on ne me tend la main dans mon désastre que pour me déshonorer » (ch. XVII, p. 366)

est celui de toutes les jeunes filles de son temps, mariées contre leur gré, comme les héroïnes de Molière, enfermées au couvent par leur famille, comme Marianne (Marivaux) ou Suzanne Simonin (Diderot), séduites et abandonnées comme la Marceline de Beaumarchais.

Mais l'amour ne sauve pas St-Yves du remords. « La belle et généreuse St-Yves» meurt d'avoir une conscience : « La foule des pensées qui l'agitaient portait dans ses veines un poison plus dangereux que celui de la fièvre la plus brûlante » (ch. XIX, p. 370). Et le désespoir ne tue pas l'Ingénu : gardé par ses amis, écarté par leur vigilance de sa tentation du suicide, il ne peut que subir les regrets et les protestations de Saint-Pouange.

4

ÉCHOS ET CORRESPONDANCES

L'Ingénu signifie l'aboutissement de la réflexion voltairienne, qui sera reprise par les derniers ouvrages comme *La princesse de Babylone*, *Le Taureau blanc*, *L'Homme aux quarante écus*, sans qu'interviennent dans les conclusions du sage de Ferney sur la vie, des modifications notables.

L'Ingénu présente l'avantage de condenser la pensée des Lumières et de se situer au confluent de courants divers. Héritier des relations de voyage préludant à la contestation de l'ethnocentrisme européen, il reprend le thème de l'extranéité*, déjà utilisé comme un moyen de la satire, pour en faire une méthode heuristique* ouvrant sur l'âge du matérialisme moderne.

Inscrit dans la production trentenaire des contes, il y introduit une tonalité nouvelle, peut-être due à l'avancée en âge d'un Voltaire qui a passé le cap de la vieillesse et qui mêle à la jovialité du conte une touche de tragique.

Enfin, revenu de ses préjugés contre le roman, Voltaire crée dans *L'Ingénu* une figure féminine unique, qui meurt d'une plaie morale après avoir subi une forme de prostitution sociale à laquelle toutes ses devancières survivaient.

L'Ingénu se trouve ainsi à la fois dans la lignée de l'humanisme de la Renaissance et dans la voie du réalisme moral qui donnera lieu au grand roman du XIXe siècle.

1 - LE SAUVAGE

Il constitue un mythe fécond qui s'est créé dès le XVIe siècle, avec la conquête de l'Amérique et les impressions, les observations qu'en rapportent les voyageurs. Dès cette époque, une question se pose à la conscience européenne : l'insertion de l'homme dans une société organisée par un système judiciaire, politique et culturel est-elle source de corruption ou d'élévation ?

▪ Montaigne et la redéfinition du barbare

Dans les *Essais*, au chapitre « Des Cannibales », Montaigne, qui s'est intéressé aux effets de la conquête sur les autochtones du Nouveau Monde trop vite qualifiés de « barbares », se livre à une relecture paradoxale des notions de « sauvagerie » et de « civilisation ». Nourri de l'humanisme de la Renaissance, et affirmant que « Nature nous apprend à bien faire l'homme et dûment », Montaigne a rencontré trois de ces « sauvages » à Rouen. Émerveillé de leur bon-sens et de leur intelligence, il conclut sur la relativité de notre jugement à propos de ces nations qui nous sont inconnues, et en déduit la supériorité du « sauvage » sur le « civilisé » dans la mesure où, chez le premier, les qualités naturelles n'ont pas été érodées par la culture et la société :

> « [...] Or je trouve, pour revenir à mon propos, qu'il n'y a rien de barbare et de sauvage en cette nation, à ce

qu'on m'en a rapporté ; sinon que chacun appelle barbarie ce qui n'est pas de son usage ; comme de vrai, il semble que nous n'avons autre mire de la vérité et de la raison que l'exemple et l'idée des opinions et usances du pays où nous sommes. Là est toujours la parfaite religion, la parfaite police, parfait et accompli usage de toutes choses. Ils sont sauvages, de même que nous appelons sauvages les fruits que nature, de soi et de son progrès ordinaire, a produits : là où, à la vérité, ce sont ceux que nous avons altérés par notre artifice et détournés de l'ordre commun, que nous devrions appeler plutôt sauvages. En ceux-là sont vives et vigoureuses les vraies et plus utiles et naturelles vertus et propriétés, lesquelles nous avons abâtardies en ceux-cy, et les avons seulement accommodées au plaisir de notre goût corrompu. Et si pourtant, la saveur même et délicatesse se trouve à notre goût excellente, à l'envi des nôtres, en divers fruits de ces contrées-là sans culture. Ce n'est pas raison que l'art gagne le point d'honneur sur notre grande et puissante mère Nature. Nous avons tant rechargé la beauté et richesse de ses ouvrages par nos inventions, que nous l'avons du tout étouffée. Si est ce que, partout où sa pureté reluit, elle fait merveilleuse honte à nos vaines et frivoles entreprises [...] »

Montaigne, *Essais*, I, 31, 1570-1788, La Pléiade, Gallimard, 1962, pages 203-204.

Ainsi Montaigne condamne une société occidentale qui a oublié les leçons de la nature, et l'a trahie par son développement. Après lui, au XVIIe et surtout au XVIIIe siècle, l'homme naturel, objet de curiosité, parfois de divertissement, devient un thème de réflexion.

▪ La mode du sauvage américain

De nombreux ouvrages développent depuis le XVIIe siècle le mythe du « bon sauvage » américain : il émane de missionnaires, qui relatent leurs observations sur les sociétés indiennes. Dès 1632, le père Gabriel Sagard Théodat publie un *Grand voyage au pays des Hurons* et un *Dictionnaire de la langue huronne* dont Voltaire s'inspire pour les trois mots cités dans l'Ingénu. Ces ouvrages documentaires comme *Mœurs des sauvages comparées aux mœurs des premiers temps* du père Lafitau (1742) ou *Histoire de la Nouvelle France*, du Père Charlevoix (1744) font parfois l'éloge des tribus Indiennes.

Mais les textes des missionnaires sont vite dépassés par une littérature qui valorise les sauvages : Joubert de la Rue dans *Lettres d'un sauvage dépaysé* (1738), Maubert de Gouvest, dans *Lettres iroquoises* (1752), utilisent le sauvage américain pour dénoncer les institutions, la religion, les mœurs européennes.

Coïncidence ou corrélation ? La tragédie des *Scythes*, de Voltaire, représentée à Paris en mars 1767, est évincée de la scène du Théâtre français par une pièce de Sauvigny, *Hirza ou les Illinois.* La fin de l'année 1767 voit aussi la parution du roman de Sébastien Mercier *L'Homme sauvage*, avec lequel *L'Ingénu* présente des correspondances intéressantes : là aussi, il est question de baptême, de respect des convenances, de couvent, de passage en Angleterre, d'un ami anglais à qui le sauvage doit son salut.

Sans doute, Voltaire doit beaucoup aux *Dialogues* de Lahontan (1703) dans lesquels l'auteur, qui a vécu dix ans au Canada, se sert de son « expérience existentielle de l'autre » selon Henri Coulet, pour poser, en philosophe, la question de la légitimité de la civilisation. Lahontan utilise le personnage du Huron Adario, « maître de ses actes », et se met lui-même en scène comme son interlocuteur, pour faire du sauvage l'interprète de sa critique contre la société européenne : sur la religion, la tolérance, la justice, l'égalité, la liberté, la propriété il donne à son Huron des conception proches de celles que développeront Montesquieu, Voltaire, Diderot, Rousseau, D'Holbach.

« [...] Il faut que tu considères que ces descriptions du Canada sont des bagatelles, qui ne se doivent pas comparer avec les livres qui traitent des choses saintes, dont cent auteurs différents ont écrit sans se contredire.

ADARIO. – Comment sans se contredire ! Hé quoi, ce livre de choses saintes n'est-il pas plein de contradictions ? Ces Évangiles, dont les Jésuites nous parlent, ne causent-ils pas un désordre épouvantable entre les Français et les Anglais ? Cependant tout ce qu'ils contiennent vient de la bouche du grand Esprit, si l'on vous en croit. Or, quelle apparence y a-t-il qu'il eût parlé confusément, et qu'il eût donné à ses paroles un sens ambigu, s'il avait eu envie qu'on l'entendît ? De deux choses l'une, s'il est né et mort sur la terre, et qu'il ait harangué, il faut que ses discours aient été perdus, parce qu'il aurait parlé si clairement que les enfants auraient pu concevoir ce qu'il eût dit ; ou bien si vous croyez que les Évangiles sont véritablement ses paroles, et qu'il n'y ait rien que du sien, il faut qu'il soit venu porter la guerre dans ce monde au lieu de la paix, ce qui ne saurait être. Les Anglais m'ont dit que leurs Évangiles contiennent les mêmes paroles que ceux des Français, il y a pourtant plus de différence de leur religion à la vôtre, que de la nuit au jour.

Lahontan, *Dialogues de M. Le Baron de Lahontan et d'un sauvage dans l'Amérique*, 1703, (Desjonquières, 1993, p. 37).

La résistance du Huron aux tentatives de conversion prend la forme d'un débat sur l'Evangile et sa conception de la « parole du Grand Esprit » n'est pas éloignée de celle de l'Ingénu, qui refuse une vérité qu'il faudrait traduire : « Si cette vérité était nécessaire comme le soleil l'est sur terre, elle serait brillante comme lui. C'est une absurdité, c'est un outrage au genre humain, c'est un attentat contre l'Esprit infini et suprême de dire : *Il y a une vérité essentielle à l'homme et Dieu l'a cachée.* » (ch. XIV, p. 361).

Aussi, comme Lahontan, Voltaire pose dans *L'Ingénu* la question de la confrontation entre conscience vierge et éducation. L'homme du Nouveau Monde incarne dans un certain sens le sauvage, l'homme naturel : élevé loin de la civilisation et de ce qui la définit, les sciences et les arts, une organisation judiciaire et politique fondée sur la loi positive et non sur le droit naturel, le luxe, les plaisirs raffinés, sa supériorité se borne à son habileté de chasseur, son contact avec la nature, sa force physique. Quel devenir faut-il envisager pour lui à partir du moment où il entre en contact avec la civilisation ?

■ Le primitif et la civilisation

Tous les auteurs du XVIIIe siècle se sont confrontés à la question. On sait comment Voltaire, qui triche avec l'origine réelle du Huron, la résout en postulant la formation de l'homme de nature par le progrès et la culture. La réflexion sur les modes de vie de tribus organisées selon des structures sociales primitives est nécessairement une réflexion sur l'autre et en même temps sur l'homme. La réaction de Rousseau est celle de la nostalgie d'un âge irrémédiablement perdu, où l'homme était en accord avec son environnement et avec lui-même. Chez Diderot, plus pragmatique, la réhabilitation des passions n'exclut pas la nécessité des lois sociales.

Pour Voltaire, il est évident que l'éducation est un mode de civilisation, qui contribue à façonner la conscience vierge du « sauvage » en lui donnant à la fois une culture personnelle et une morale sociale. Pour Rousseau, rien ne peut rendre à l'homme moderne, corrompu par la civilisation, sa nature originelle. Mary Shelley, admiratrice du siècle des Lumières, posera le problème autrement : à supposer que l'homme puisse réaliser ce que Condillac imagine dans son *Traité des sensations*, une « statue organisée intérieurement comme nous » et qui ne disposerait que des cinq sens, à supposer qu'elle constitue la « table rase » de Locke et qu'elle accède à la connaissance de façon empirique et hasardeuse, qu'en sera-t-il de cette créature ?

Elle décrit longuement l'émergence du langage et de la pensée chez la créature de Frankenstein, réfugiée dans un abri à bois à l'insu de la famille qui vit là, les de Lacey. Elle décrit aussi l'ivresse de cet être découvrant une valise de vêtements et de livres :

> « L'exemplaire des *Vies* de Plutarque, que je possédais, évoquait la vie des premiers fondateurs des républiques antiques. Cet ouvrage produisit sur moi un effet tout autre que *Les Souffrances du jeune Werther*. Les réflexions de Werther me firent découvrir le désespoir et la mélancolie ; Plutarque, quant à lui, m'inspira des pensées élevées – il m'arracha à la sphère limitée de mon entendement pour me laisser à l'admiration et à l'amour des héros de temps révolus. Je ne comprenais, bien entendu, pas tout ce que je lisais. Je n'avais qu'une idée fort imprécise des royaumes, des vastes étendues de pays, des fleuves puissants et des mers infinies. Par ailleurs, j'ignorais tout des villes et des grands rassemblements humains. Le chalet de mes protecteurs était la seule école où j'avais étudié la nature humaine, ce livre m'ouvrit des champs d'action nouveaux et grandioses. J'appris qu'il existait des hommes versés dans les affaires publiques, qui gouvernaient ou massacraient leurs semblables. Je sentais se développer en moi un amour immodéré de la vertu et un mépris effréné du vice, tout au moins dans le sens où je comprenais ces termes, que j'associais exclusivement au plaisir et à la souffrance. Mû par ces sentiments, j'en arrivai tout naturellement à admirer des législateurs pacifiques : Numa, Solon et Lycurgue, de préférence à Romulus et Thésée. »

Mary Shelley, *Frankenstein*, 1816,
Gallimard, 1997, page 180.

Mais l'œuvre de Mary Shelley montre aussi la créature que ses lectures ont rendue bonne, confrontée à la cruauté de son inventeur d'abord, puis des hommes en général. Rejetée de tous, frustrée dans ses espoirs d'humanité partagée, elle devient un être fatal qui détruit tous ceux qui l'ont blessée.

Ainsi, le « sauvage », le « primitif », « l'homme naturel » sert souvent de catalyseur à l'absurdité du monde civilisé que les hommes ne perçoivent plus.

▪ Le sauvage, un révélateur ironique

Derrière le mythe du bon sauvage, on trouve moins un modèle qu'un contre-modèle dans lequel le civilisé devrait lire son propre jugement sur lui-même. On dépasse alors la tradition littéraire de l'étranger qui vient porter un regard neuf sur un pays de lui inconnu, celle des *Lettres persanes* et des *Lettres philosophiques*. On dépasse le plan anecdotique. L'extranéité* de celui qui dit « moi qui suis d'une autre sphère, d'un autre monde » nous confronte à nous-mêmes et met en cause notre être même. C'est ce que fait Diderot dans *Le Supplément au Voyage de Bougainville*. Il utilise comme référent le *Voyage autour du monde* de Bougainville (1771), récit d'une aventure réelle, pour confronter, en un dialogue animé, A qui a lu Bougainville et B qui ne l'a pas lu. Il peut ainsi faire citer par A la malédiction finale du vieux Tahitien à Bougainville et à ses hommes :

> « Pleurez, malheureux Tahitiens ! pleurez ; mais que ce soit de l'arrivée, et non du départ de ces hommes ambitieux et méchants : un jour, vous les connaîtrez mieux. Un jour, ils reviendront, le morceau de bois [le fusil] que vous voyez attaché à la ceinture de celui-ci, dans une main, et le fer qui pend au côté de celui-là, dans l'autre, vous enchaîner, vous égorger, ou vous assujettir à leurs extravagances et à leurs vices ; un jour vous

servirez sous eux, aussi corrompus, aussi vils, aussi malheureux qu'eux. Mais je me console ; je touche à la fin de ma carrière ; et la calamité que je vous annonce, je ne la verrai point. Ô Tahitiens ! ô mes amis ! vous auriez un moyen d'échapper à un funeste avenir ; mais j'aimerais mieux mourir que de vous en donner le conseil. Qu'ils s'éloignent, et qu'ils vivent. »

Puis s'adressant à Bougainville, il ajouta :
« Et toi, chef des brigands qui t'obéissent, écarte promptement ton vaisseau de notre rive : nous sommes innocents, nous sommes heureux ; et tu ne peux que nuire à notre bonheur. Nous suivons le pur instinct de la nature ; et tu as tenté d'effacer de nos âmes son caractère. Ici tout est à tous ; et tu nous as prêché je ne sais quelle distinction du tien et du mien. Nos filles et nos femmes nous sont communes ; tu as partagé ce privilège avec nous ; et tu es venu allumer en elles des fureurs inconnues. Elles sont devenues folles dans tes bras ; tu es devenu féroce entre les leurs. Elles ont commencé à se haïr ; vous vous êtes égorgés pour elles ; et elles nous sont revenues teintes de votre sang. Nous sommes libres ; et voilà que tu as enfoui dans notre terre le titre de notre futur esclavage. Tu n'es ni un dieu, ni un démon : qui es-tu donc, pour faire des esclaves ? »

Diderot, *Supplément au Voyage de Bougainville* II, 1772-1779, pub. 1796.

Le discours du vieillard exprime la condamnation que lance Diderot aux premiers effets de la colonisation. Sa dénonciation reste universelle et sous-tend encore aujourd'hui les rapports de l'Occident au reste du monde.

2 - LE CONTE ET LA TRAGÉDIE

L'ingénu ouvre aussi la réflexion sur la gravité du message voltairien par l'intrusion du tragique dans le conte. Certains ont cru à une parodie, mais le rôle unique de Mlle de St-Yves dans l'œuvre de Voltaire et le fait que celui-ci n'a jamais cessé, parallèlement à son œuvre philosophique, de composer une œuvre de dramaturge, oblige à prendre en considération cet aspect du conte.

La situation finale du conte voltairien est généralement un retour à la norme humaine, anodin et rassurant. Elle rétablit les êtres dans le domaine de la légèreté propre au conte où rien ne porte à conséquence.

■ Le conte et la légèreté

Le conte se donne d'abord pour un amusement, un jeu virtuel qui échappe à la gravité. Bien souvent les contes de Voltaire finissent sur une pirouette, un clin d'œil rassurant au lecteur.

Le conte et la mesure humaine

Zadig, après avoir connu des tribulations douloureuses, après avoir été esclave, promis aux supplices, prend le parti de vivre malgré tout. Il achève son œuvre auprès de son roi Nabussan, résout ses derniers problèmes et revient à Astarté, comme on revient à l'apaisement de la conscience et du cœur :

> « Zadig intimidé, qui avait bien fait les affaires de son ami Sétoc et qui lui avait fait tenir son argent, ne songea plus qu'à partir de l'Ile, et résolut d'aller lui-même chercher des nouvelles d'Astarté. Car, disait-il, si je reste dans Serendib, les bonzes me feront empaler ; mais où aller ? Je serai esclave en Égypte, brûlé, selon toutes les apparences, en Arabie, étranglé à Babylone. Cependant il faut savoir ce qu'Astarté est devenue : partons, et voyons à quoi me réserve ma triste destinée. »

Voltaire, *Zadig* (1748),
Livre de poche, 1983 (p. 92).

Le conte et la fantaisie

La bonhommie est le ton habituel du conte : la fin de « l'histoire » est le moment où tension du récit et attention du lecteur se diluent, dans un abandon complaisant à l'irréalité d'un univers magique.

À la fin des voyages du Sirien et du nain de Saturne, *Micromégas* finit sur le rire et le don du livre impossible, pied de nez à ces « mites » philosophiques que sont les terriens :

> « À ce discours, nos deux voyageurs se laissèrent aller l'un sur l'autre en étouffant de ce rire inextinguible qui, selon Homère, est le partage des dieux ; leurs épaules et leurs ventres allaient et venaient, et dans ces convulsions le vaisseau que le Sirien avait sur son ongle tomba dans une poche de la culotte du Saturnien. Ces deux bonnes gens le cherchèrent longtemps ; enfin ils retrouvèrent l'équipage, et le rajustèrent fort proprement. Le Sirien reprit les petites mites ; il leur parla encore avec beaucoup de bonté, quoiqu'il fût un peu fâché dans le fond du cœur de voir que les infiniment petits eussent un orgueil presque infiniment grand. Il leur promit de leur faire un beau livre de philosophie, écrit fort menu pour leur usage, et que dans ce livre ils verraient le bout des choses. Effectivement, il leur donna ce volume avant son départ : on le porta à Paris à l'Académie des sciences ; mais, quand le secrétaire l'eut ouvert, il ne vit rien qu'un livre tout blanc : Ah ! dit-il, je m'en étais bien douté. »

Voltaire, *Micromégas*, (1762),
Livre de poche 1983 (p. 116).

À la fin du *Taureau blanc*, Nabuchodonosor reprend sa forme humaine et après avoir récompensé tous ses amis, il épouse la belle Amaside et redevient un grand roi :

> « Le sage Mambrés retourna dans son palais faire des réflexions. Nabuchodonosor, après l'avoir embrassé,

gouverna tranquillement le royaume de Memphis, celui de Babylone, de Damas, de Balbec, de Tyr, la Syrie, l'Asie Mineure, la Scythie, les contrées de Chiraz, de Mosok, du Tubal, de Madaï, de Gog, de Magog, de Javan, la Sogdiane, la Bactriane, les Indes, et les îles. Les peuples de cette vaste monarchie criaient tous les matins : « Vive le grand Nabuchodonosor, roi des rois, qui n'est plus bœuf ! ». Et depuis ce fut une coutume dans Babylone que toutes les fois que le souverain, ayant été grossièrement trompé par ses satrapes, ou par ses mages, ou par ses trésoriers, ou par ses femmes, reconnaissait enfin ses erreurs, et corrigeait sa mauvaise conduite, tout le peuple criait à sa porte : « Vive notre grand roi, qui n'est plus bœuf ! ».

Voltaire, *Le Taureau blanc*,
Le livre de poche 1983 (p. 384).

Le retour au confort

Les dangers et les avatars des héros, les menaces s'apaisent à la fin du conte, qui ramène les personnages à une vie moins trépidante, certes, mais plus humaine.

Candide organise le bonheur médiocre de la petite métairie, épilogue* dont Flaubert dira qu'il est la marque du génie de Voltaire car il est « bête comme la vie » :

« Toute la petite société entra dans ce louable dessein ; chacun se mit à exercer ses talents. La petite terre rapporta beaucoup. Cunégonde était, à la vérité, bien laide ; mais elle devint une excellente pâtissière ; Paquette broda ; la vieille eut soin du linge. Il n'y eut pas jusqu'à frère Giroflée qui ne rendît service ; il fut un très bon menuisier, et même devint honnête homme ; et Pangloss disait quelquefois à Candide : « Tous les événements sont enchaînés dans le meilleur des mondes possibles : car enfin si vous n'aviez pas été chassé d'un beau château à grands coups de pied dans le derrière pour l'amour de mademoiselle Cunégonde, si vous n'aviez pas été mis à l'Inquisition, si vous n'aviez pas couru l'Amérique à pied, si vous n'aviez pas donné un bon coup d'épée au baron, si vous n'aviez pas perdu tous vos moutons du bon pays d'Eldorado, vous ne mangeriez pas ici des cédrats confits et des pistaches. Cela est bien dit, répondit Candide, mais il faut cultiver notre jardin. »

Voltaire, *Candide* (1758), Classiques Hachette, 1991.

L'Ingénu ne déroge pas à la règle du « happy end ». La conclusion de l'œuvre récompense tout le monde, les bons et les méchants dans une égalité idyllique qui ramène l'ordre humain sur le devant de la scène.

« L'abbé de St. Yves et le prieur eurent chacun un bon bénéfice ; la bonne Kerkabon aima mieux voir son neveu dans les honneurs militaires que dans le sous-diaconat. La dévote de Versailles garda les boucles de diamants, et reçut encore un beau présent. Le père Tout-à-Tous eut des boîtes de chocolat, de café, de sucre candi, de citrons confits, avec les *Méditations du révérend père Croiset*, et *la Fleur des saints*, reliées en maroquin. Le bon Gordon vécut avec l'Ingénu jusqu'à sa mort dans la plus intime amitié ; il eut un bénéfice aussi et oublia pour jamais la grâce efficace et le concours concomitant. Il prit pour sa devise : *malheur est bon à quelque chose.* Combien d'honnêtes gens dans le monde ont pu dire : *malheur n'est bon à rien !* »

Voltaire, *L'Ingénu*, (1767), Garnier-Flammarion.

Hors la fin de St-Yves, tout pourrait paraître au mieux, dans le meilleur des mondes possibles. Mais la douleur de sa mort entache la drôlerie naturelle du conte d'une tonalité tragique.

▪ Les échos de la tragédie

Le ton tragique est amené dans le conte par la situation de dépossession d'elle-même que vit St-Yves, son sentiment de culpabilité douloureux et le commentaire moral que Gordon développe à ce propos.

Le pessimisme moral

Constatant la dégradation rapide de la santé de St-Yves, Gordon se laisse aller à une réflexion sur les puissances de l'esprit et sur les malheurs humains digne de Bossuet :

> « Quelle mécanique incompréhensible a soumis les organes au sentiment et à la pensée ? Comment une seule idée douloureuse dérange-t-elle le cours du sang ? Et comment le sang à son tour porte-t-il ses irrégularités dans l'entendement humain ? Quel est ce fluide inconnu et dont l'existence est certaine, qui, plus prompt, plus actif que la lumière, vole, en moins d'un clin d'œil, dans tous les canaux de la vie, produit les sensations, la mémoire, la tristesse ou la joie, la raison ou le vertige, rappelle avec horreur ce qu'on voudrait oublier, et fait d'un animal pensant ou un objet d'admiration, ou un sujet de pitié et de larmes ? » (p. 377).

Devant la détresse de l'Ingénu, il se garde bien d'offrir des consolations superficielles et rebattues. Il adopte le silence du stoïcien car il sait « que l'homme est sur cette terre comme un soldat à son poste : comme s'il importait à l'Être des êtres que l'assemblage de quelques parties de matière fût dans un lieu ou un autre… » (p. 379).

La fatalité tragique

Ce pessimisme quasi-pascalien fait entrer St-Yves dans la fatalité des héroïnes tragiques. Elle est conduite par la cruauté des instances de la société au sacrifice de sa vertu et à la perte de sa dignité par un destin qui fait d'elle un modèle tragique, auquel pourrait s'appliquer la déploration de Jocaste :

> « Voilà de ces grands dieux la suprême justice
> Jusques au bord du crime ils conduisent nos pas,
> Ils nous le font commettre et ne l'excusent pas !
> Prennent-ils donc plaisir à faire des coupables
> Afin d'en faire après d'illustres misérables ? »
>
> Racine, *La Thébaïde*, III, 2, v.608-612

Les Dieux, pour l'Antiquité, on pourrait dire aussi les grands de l'Ancien Régime, incarnent ces forces injustes et aveugles qui brisent des vies.

La vertu subornée

Aussi, St-Yves présente dans sa souffrance des similitudes avec Junie soumise à l'odieux chantage de Néron : craignant pour la vie de son amant Britannicus, elle a feint d'accepter l'amour de Néron et a joué la comédie de l'indifférence ; elle exprime ici sa douleur et ses remords.

> … Il fallait me taire et vous sauver.
> Combien de fois, hélas ! puisqu'il faut vous le dire,
> Mon cœur de son désordre allait-il vous instruire !
> De combien de soupirs interrompant le cours
> Ai-je évité vos yeux que je cherchais toujours !
> Quel tourment de se taire en voyant ce qu'on aime !
> De l'entendre gémir, de l'affliger soi-même
> Lorsque par un regard on peut le consoler !
>
> Racine, *Britannicus*, III, 3, v. 998-1005.

Ce jeu des regards, cette profondeur de l'aveu impossible se retrouvent en St-Yves au moment de l'intervention malheureuse de la dévote qui provoque la réaction involontaire de l'Ingénu : « Le jeune homme, qui s'était formé par un an de réflexions, en fit malgré lui et parut troublé un moment. Son amante s'en aperçut, une pâleur mortelle se répandit sur son beau visage, un frisson la saisit, elle se soutenait à peine » (p. 372).

Le « revirement » barthésien

La conscience, chez St-Yves, du tragique de sa situation fait d'elle une héroïne objet de ce que Roland Barthes appelle le revirement propre à la tragédie racinienne.

> « Changer les choses en leur contraire est à la fois la formule du pouvoir divin et la recette même de la tragédie

[…] Ce que le revirement saisit, c'est une totalité : le héros a la sensation que tout est happé dans ce mouvement de bascule : le monde entier vacille, point de monnayage dans la pesée du destin […] Le sens du revirement est toujours dépressif : il met les choses de haut en bas, la chute est son image […] Comme acte pur, le revirement n'a aucune durée, il est un point, un éclair, on pourrait presque dire une simultanéité ; la héros frappé tient dans une perception déchirante l'état ancien dont il est dépossédé et l'état nouveau qui lui est assigné ».

Roland Barthes, *Sur Racine*, Point seuil, 1979 (p. 45-46).

Le cri d'adieu de Saint-Yves est l'expression de l'irrémédiable divorce entre passé de la fusion et le présent de l'interdit :

« Moi, votre épouse ! Ah ! cher amant, ce nom, ce bonheur, ce prix, n'étaient plus faits pour moi ; je meurs et je le mérite. O Dieu de mon coeur ! ô vous que j'ai sacrifié à des dieux infernaux, c'en est fait, je suis punie, vivez heureux ». (p. 377)

L'originalité de *L'ingénu* est que, pour une fois, il intègre le tragique au conte et n'en fait pourtant pas une tragédie. Certes le bonheur du Huron est définitivement compromis dans sa dimension individuelle mais pas le bonheur collectif auquel il peut participer. La mort de St-Yves purifie ceux qui l'entourent, leur fait mettre en commun tout ce qu'ils peuvent avoir de bon, les unit dans une même destinée. C'est le prix qu'ils paient et tout particulièrement l'Ingénu pour leur accomplissement, « Malheur est bon à quelque chose ».

La tragédie se trouve ainsi reléguée dans le souvenir et s'intègre elle aussi à l'acceptation de la nature humaine : l'idéal s'y soumet aux exigences de la vie, il y perd en pureté mais on y gagne en échappant au domaine des chimères. Le conte relativise désormais sa légèreté traditionnelle et l'infléchit par une idéologie claire : quelles que soient les épreuves que l'on traverse, la vie est possible à qui sait faire la part des choses. C'est l'évocation de la condition féminine qui ancre la tragédie au sein du conte, alors que jusque-là son évocation donnait plutôt lieu à des grivoiseries rabelaisiennes ou à des scènes de libertinage. C'est que les temps ont changé et que la condition féminine devient l'objet de la critique et le lieu de la révolte, au- delà de la pitié.

3 - LA CONDITION FÉMININE

Comme en passant, avec la rapidité habituelle du conte, Voltaire met en lumière les fléaux qui touchent la condition féminine depuis des siècles : le couvent, la subornation, la mort, seule issue pour celle que rejettent des amants infidèles ou les interdits de la société.

▪ L'horreur du couvent

Après avoir mystifié son ami, le marquis de Croisemare, en lui adressant les lettres d'une religieuse de son invention, Suzanne Simonin, décrivant son tragique destin, (dans les années 1760-1761), Diderot comprend le parti polémique qu'il peut tirer de cette histoire imaginaire que lui avait inspirée un fait divers. Il compose alors un roman dénonciateur de la vie monacale en présentant, avec la vigueur d'un témoignage, la situation de la jeune fille entrée malgré elle dans les ordres. Il raconte son calvaire, en ménageant une saisissante gradation dans l'horreur. À l'orée de son tragique destin, Suzanne Simonin, qui n'a pas encore prononcé de vœux, entrevoit un religieuse rendue folle de désespoir, comme une préfiguration de ce qu'elle aura à subir.

> « Il arriva un jour qu'il s'en échappa une de ces dernières de la cellule où on la tenait renfermée. Je la vis.

Voilà l'époque de mon bonheur ou de mon malheur, selon, monsieur, la manière dont vous en userez avec moi. Je n'ai jamais rien vu de si hideux. Elle était échevelée et presque sans vêtement ; elle traînait des chaînes de fer ; ses yeux étaient égarés ; elle s'arrachait les cheveux ; elle se frappait la poitrine avec les poings, elle courait, elle hurlait ; elle se chargeait elle-même, et les autres, des plus terribles imprécations ; elle cherchait une fenêtre pour se précipiter. La frayeur me saisit, je tremblai de tous mes membres, je vis mon sort dans celui de cette infortunée, et sur-le-champ il fut décidé, dans mon cœur, que je mourrais mille fois plutôt que de m'y exposer. »

Diderot, *La Religieuse*, 1796.

Mais livrées dans le monde, ces jeunes filles qu'aucune éducation n'a préparées à la confrontation à une société pervertie sont exposées aux désirs et aux manœuvres des libertins.

■ Du libertinage…

Le plaisir et le divertissement mis à la mode dès le XVIIe siècle montrent un Dom Juan de Molière dont la morale amoureuse se résume en deux phrases « Tout le plaisir de l'amour est dans le changement » et « Mais lorsqu'on en [la femme] est maître une fois, il n'y a plus rien à dire ni rien à souhaiter ; tout le beau de la passion est fini » (*Dom Juan*, I, 3). Nombre de séducteurs littéraires se sont engagés sur cette voie, mettant au point des stratégies de subornation habiles qui conduisent toujours à l'abandon et au choc en retour de la prise de conscience des réalités obscures de l'amour, jeu de domination qui peut aller jusqu'à la destruction.

Dans les *Liaisons dangereuses*, où deux libertins, le vicomte de Valmont et la marquise de Merteuil rivalisent de cruauté et de perversion, celle-ci exige qu'il lui sacrifie la femme vertueuse dont il est enfin aimé, après deux ans de poursuite assidue, Mme de Tourvel. Il le fait dans les termes qu'elle lui a imposés et qui sont particulièrement insultants.

> Le vicomte de Valmont à la présidente de Tourvel
>
> « On s'ennuie de tout, mon Ange, c'est une loi de la nature ; ce n'est pas ma faute.
> Si donc je m'ennuie aujourd'hui d'une aventure qui m'a occupé entièrement depuis quatre mortels mois, ce n'est pas ma faute.
> Si, par exemple, j'ai eu juste autant d'amour que toi de vertu, et c'est sûrement beaucoup dire, il n'est pas étonnant que l'un ait fini en même temps que l'autre. Ce n'est pas ma faute.
> Il suit de là, que depuis quelque temps je t'ai trompée : mais aussi, ton impitoyable tendresse m'y forçait en quelque sorte ! Ce n'est pas ma faute.
> Aujourd'hui, une femme que j'aime éperdument exige que je te sacrifie. Ce n'est pas ma faute.
> Je sens bien que voilà une belle occasion de crier au parjure : mais si la nature n'a accordé aux hommes que la constance, tandis qu'elle donnait aux femmes l'obstination, ce n'est pas ma faute.
> Crois-moi, choisis un autre amant, comme j'ai fait une autre maîtresse. Ce conseil est bon, très bon ; si tu le trouves mauvais, ce n'est pas ma faute.
> Adieu, mon Ange, je t'ai prise avec plaisir, je te quitte sans regret : je te reviendrai peut-être. Ainsi va le monde. Ce n'est pas ma faute. »
>
> Laclos, *Les Liaisons dangereuses*, Lettre CXLI.

Mme de Tourvel, frappée à mort par cette lettre, perd le sens et devient folle, transformant ainsi le jeu pervers d'un Valmont en tragédie exemplaire. L'œuvre dans son caractère choquant décrit une société déliquescente où sont perdus valeurs et repères.

■ ...au sadisme

Sade, projetant dans son œuvre ses obsessions et sa folie sera, selon Roger Laufer « la dernière manifestation réactionnaire et anarchiste de la tradition aristocratique du libertinage ». « Recomposant le monde », selon Henri Coulet, « dans le sens de ses phantasmes au point de présenter la perversion criminelle comme imposée par l'esprit après le sacrifice de toutes les impulsions affectives et de tous les mouvements de la sensibilité », il est à l'origine du sadisme, c'est-à-dire l'ensemble des perversions sexuelles satisfaites par le spectacle de la douleur infligée à autrui. Dans le contexte sadien, la femme est par nature victime et soumise à toutes les vexations.

Dans *les Infortunes de la vertu*, la bonté et la sensibilité des héroïnes féminines sont sacrifiées à un cynisme absolu.

> « – Qu'entends-tu, je te prie, par ce sentiment de reconnaissance dont tu t'imagines m'avoir captivé, dit Dalville, raisonne donc mieux, chétive créature, que faisais-tu quand tu m'as secouru ? Entre la possibilité de suivre ton chemin et celle de venir à moi, tu choisis la dernière comme un mouvement que ton cœur t'inspirait… Tu te livrais donc à une jouissance ? Par où diable prétends-tu que je sois obligé de te récompenser des plaisirs que tu t'es donnés et comment te vint-il jamais dans l'esprit qu'un homme comme moi qui nage dans l'or et dans l'opulence, qu'un homme qui, riche de plus d'un million de revenu, est prêt à passer à Venise pour en jouir à l'aise, daigne s'abaisser à devoir quelque chose à une misérable de ton espèce ? M'eusses-tu rendu la vie, je ne te devrais rien dès que tu n'as travaillé que pour toi. Au travail, esclave, au travail ! Apprends que la civilisation, en bouleversant les institutions de la nature, ne lui enleva pourtant point ses droits ; elle créa dans l'origine des êtres forts et des êtres faibles, son intention fut que ceux-ci fussent toujours subordonnés aux autres […]. »
>
> Sade, *Les Infortunes de la vertu*, 1787.

■ Éros et Thanatos

Enfin, le XVIIIe siècle présente des morts pathétiques d'héroïnes, fauchées en pleine jeunesse par les interdits d'une société cruelle. Manon, malgré la tendresse de Des Grieux, meurt d'épuisement dans le désert et laisse celui-ci sans futur.

> « Je passai la nuit entière à veiller près d'elle, et à prier le Ciel de lui accorder un sommeil doux et paisible. Ô Dieu ! que mes vœux étaient vifs et sincères ! et par quel rigoureux jugement aviez-vous résolu de ne les pas exaucer !
>
> Pardonnez, si j'achève en peu de mots un récit qui me tue. Je vous raconte un malheur qui n'eut jamais d'exemple. Toute ma vie est destinée à le pleurer. Mais, quoique je le porte sans cesse dans ma mémoire, mon âme semble reculer d'horreur, chaque fois que j'entreprends de l'exprimer.
>
> Nous avions passé tranquillement une partie de la nuit. Je croyais ma chère maîtresse endormie et je n'osais pousser le moindre souffle, dans la crainte de troubler son sommeil. Je m'aperçus dès le point du jour, en touchant ses mains, qu'elle les avait froides et tremblantes. Je les approchai de mon sein, pour les échauffer. Elle sentit ce mouvement, et, faisant un effort pour saisir les miennes, elle me dit, d'une voix faible, qu'elle se croyait à sa dernière heure. Je ne pris d'abord ce discours que pour un langage ordinaire dans l'infortune, et je n'y répondis que par les tendres consolations de l'amour. Mais, ses soupirs fréquents, son silence à mes interrogations, le serrement de ses mains, dans lesquelles elle continuait de tenir les miennes me firent connaître que la fin de ses malheurs approchait. N'exigez point de moi que je vous décrive mes sentiments, ni que je vous rapporte ses dernières expressions. Je la perdis ; je reçus d'elle des marques d'amour, au moment même qu'elle expirait. C'est tout ce que j'ai la force de vous apprendre de ce fatal et déplorable événement. »

L'Abbé Prévost, *Manon Lescaut*,
Deuxième partie, 1731.

La mort de Clarisse Harlowe, héroïne de Richarson, donne lieu à un tableau pathétique où est réuni autour de la mourante un cercle d'amis dans les diverses attitudes du désespoir.

> Monsieur Belford à Monsieur Lovelace
>
> « *Mercredi, à minuit.*
>
> Monsieur Morden s'est attiré le premier mon attention. Il était à genoux, tenant une main de Miss Harlove entre les siennes, le visage baissé dessus, et la mouillant de ses larmes. De l'autre côté, Madame Lovick, noyée dans les siennes, avait la tête appuyée négligemment contre le chevet du lit ; et la tournant vers moi aussitôt qu'elle m'a vu : ô Monsieur Belford, s'est-elle écriée les mains jointes, la chère, l'incomparable Miss... Un sanglot ne lui a pas permis d'achever. Madame Smith était debout près d'elle, les yeux levés, et joignant aussi les mains, qu'elle pressait l'une contre l'autre pour implorer le secours du seul Pouvoir dont on pouvait en attendre. Les larmes s'entresuivaient rapidement sur ses deux joues. La Garde était au-dessous de Madame Lovick et de Madame Smith, la tête penchée. Elle tenait dans une main un cordial inutile qu'elle venait de présenter à sa maîtresse mourante. Ses yeux paraissaient enflés à force de pleurer quoiqu'elle dût être endurcie par l'habitude à ces tristes spectacles et les tournant vers moi, elle a paru m'inviter à joindre ma douleur à celle de l'assemblée. La servante de la maison, appuyée contre le mur, pressant des deux mains son tablier sur ses yeux, faisait entendre encore plus distinctement ses sanglots, parce qu'avec moins d'empire sur elle-même elle était moins capable de les retenir. »
>
> Samuel Richardson, *Clarisse Harlowe* (tome VI, partie 2), trad. l'abbé Prévost, 1751.

Le sujet féminin, mis au centre de son conte par Voltaire, illustre l'importance que l'évocation de la condition de la femme prend dans le roman de mœurs. Mais cela annonce aussi la place privilégiée qu'elle occupera dans le grand roman réaliste français du XIXe siècle.

5

ANNEXES

1 - LES LUMIÈRES ET L'HOMME IDÉAL

▪ L'esprit de liberté

Les Lumières ont marqué les esprits et déterminé pour l'avenir les idées politiques et sociales en France, en Europe et dans le monde. Cette période féconde s'est trouvée sous-tendue, comme le montre Jean Starobinski, par une soif de liberté, source d'émancipation individuelle et collective, dans l'ordre de la raison, de la science, de la morale et de la sensibilité.

> « Entre le moment des fêtes galantes et l'apparition sur les champs de bataille du drapeau tricolore portant en devise *La liberté ou la mort*, l'histoire du XVIIIe siècle peut être regardée comme la scène sur laquelle un mouvement de liberté fuse, éclate et s'épanouit en un scintillement tragique. Non que cette histoire aboutisse à l'instauration d'un règne de la liberté : tout au long du siècle, l'idée de liberté est mise en expérience à la fois dans le caprice abusif et dans la protestation contre les abus. Le goût de la vie libre prend tantôt l'aspect de la jouissance sans frein, tantôt la forme de l'appel à une moralité renouvelée, et chez certains (un Fielding, un Restif), l'on apercevra un confus mélange de ces deux tendances. [...] L'exigence de liberté s'éprouve dans la frustration. L'histoire du

siècle résulte d'un combat, parfois d'un dialogue, entre les actes du pouvoir autocratique et les ripostes des hommes indociles. Dans le domaine politique, comme dans le domaine moral ou religieux, plus rien ne paraît justifier le rapport arbitraire entre l'autorité et les sujets obéissants. Comme le dira Kant, les hommes des Lumières ont résolu de ne plus obéir à une loi étrangère : ils veulent être autonomes, soumis à une loi qu'ils perçoivent et reconnaissent en eux-mêmes. »

Jean Starobinski, *L'invention de la liberté*, Skira, 1964, p. 12.

De ce mouvement général et novateur est sortie l'idée de l'homme moderne, que chaque philosophe a tenté de définir au regard de son expérience et de ses ambitions pour l'humanité.

▪ L'homme moderne

Selon les auteurs du XVIIIe siècle, il cumule les qualités d'intelligence fondées sur le discernement, l'esprit critique, l'objectivité, et les qualités morales qui l'engagent dans une éthique sociale et il est nécessairement un acteur de la chose publique, militant pour ses idées et pour l'évolution de l'humanité.

Le prisme de la raison

« Nulle proposition ne peut être reçue pour révélation divine, si elle est contradictoirement opposée à ce qui nous est connu, ou par une intuition immédiate, telles que sont les propositions évidentes par elles-mêmes, ou par des déductions évidentes de la raison, comme dans les démonstrations ; parce que l'évidence qui nous fait adopter de telles révélations ne pouvant surpasser la certitude de nos connaissances, tant intuitives que démonstratives, si tant est qu'elle puisse l'égaler, il serait ridicule de lui donner la préférence [...]. Il est donc inutile de prêcher comme articles de foi des propositions contraires à la perception claire que nous avons de la convenance ou de la disconvenance de nos idées. Par conséquent, dans toutes les choses dont nous avons une idée nette et distincte, la raison est le vrai juge compétent [...] »

Diderot, article « Raison », *Encyclopédie.*

Sous le signe de la pensée

« C'est un grand et beau spectacle de voir l'homme sortir en quelque manière du néant par ses propres efforts : dissiper, par les lumières de sa raison, les ténèbres dans lesquelles la nature l'avait enveloppé ; s'élever au-dessus de soi-même ; s'élancer par l'esprit jusque dans les régions célestes ; parcourir à pas de géant, ainsi que le soleil, la vaste étendue de l'univers ; et, ce qui est encore plus grand et plus difficile, rentrer en soi pour y étudier l'homme et connaître sa nature, ses devoirs et sa fin. Toutes ces merveilles se sont renouvelées depuis peu de générations. »

Rousseau, *Discours sur les Sciences et les Arts*, I.

À l'école de la vertu

« Je ne saurais vous dire ce que la droiture et la vérité font sur moi. Si le spectacle de l'injustice me transporte quelquefois d'une telle indignation que j'en perds le jugement, et que, dans ce délire, je tuerais, j'anéantirais, aussi celui de l'équité me remplit d'une douceur, m'enflamme d'une chaleur et d'un enthousiasme où la vie, s'il fallait la perdre, ne me tiendrait à rien. Alors, il me semble que mon cœur s'étend au-dedans de moi, qu'il nage ; je ne sais quelle situation délicieuse et subite me parcourt partout ; j'ai peine à respirer ; il s'excite à toute la surface de mon corps, comme un frémissement ; c'est surtout au haut du front, à l'origine des cheveux qu'il se fait sentir ; et puis les symptômes de l'admiration et du plaisir viennent se mêler sur mon visage avec ceux de la joie, et mes yeux se remplissent de pleurs. Voilà ce que je suis quand je m'intéresse vraiment à celui qui fait le bien. »

Diderot, *Lettre à Sophie Volland*, 18 octobre 1760.

L'homme de l'action

> « Le vrai philosophe défriche les champs incultes, augmente le nombre des charrues, et par conséquent des habitants ; occupe le pauvre et l'enrichit, encourage les mariages, établit l'orphelin, ne murmure point contre des impôts nécessaires, et met le cultivateur en état de les payer avec allégresse. Il n'attend rien des hommes, et il leur fait tout le bien dont il est capable. Il a l'hypocrite en horreur, mais il plaint le superstitieux ; enfin il sait être ami. »
>
> VOLTAIRE, *Lettre à Damilaville*,
> Ferney, 1er mars 1765.

Ces auteurs ont construit les représentations morales et politiques du monde moderne en proposant un archétype* de l'homme dans son temps, à l'honneur aujourd'hui.

2 - BIBLIOGRAPHIE

▪ Ouvrages de culture générale

J. et M. CHARPENTIER, L*e siècle des Lumières et des âmes sensibles*, Littérature Nathan, 1987.

René MAUZI, *L'idée de bonheur au* XVIII*e siècle*, Armand Colin, 1960.

Jean STAROBINSKI, *L'invention de la liberté*, Skira, 1964.

▪ Ouvrages critiques sur Voltaire

D. J. ADAMS, *La femme dans les contes et les romans de Voltaire*, Nizet, 1974 .

Pierre CAMBOU, *Le traitement voltairien du conte*, Champion, 2000.

P. LEPAPE, *Voltaire le conquérant : naissance des intellectuels au siècle des Lumières*, Seuil, 1994.

René POMMEAU, *La Religion de Voltaire*, Nizet, 1956.

Jacques VAN DEN HEULEN, *Voltaire dans ses contes*, 1967, Slatkine, 1998.

3 - LEXIQUE

A

Absolutisme : régime politique fondé sur la puissance illimitée du souverain.

Allégorie : personnification d'une abstraction.

Aporétique : signifiant sans issue, cet adjectif vient du mot aporie désignant le caractère insoluble d'une question ou d'une situation.

Arbitraire : autorité fondée sur le caprice et non sur la loi ; donne un adjectif signifiant injuste.

Archétype : modèle absolu auquel on se réfère pour définir quelque chose de réel.

Autodafé : cérémonie organisée par l'Inquisition pour détruire par le feu des hommes ou des ouvrages jugés hérétiques.

C

Casuiste : théologien spécialiste de la casuistique, morale développée par les jésuites qui s'attachait aux XVIIe et XVIIIe siècles à résoudre les cas de conscience avec subtilité et laxisme pour adapter les principes religieux à la vie dissolue des grands seigneurs et des rois.

Connotation : tonalité particulière prise par un mot en dehors de sa signification objective.

Conte philosophique : récit imaginaire qui utilise un contexte et des personnages de fantaisie pour démontrer une thèse sérieuse.

D

Délétère : destructeur.

Déisme : doctrine qui reconnaît un Être suprême mais refuse tout culte religieux.

Despotisme éclairé : forme de gouvernement souhaité par les philosophes du XVIIIe siècle dans lequel le souverain obéirait à la raison et au souci de rendre son peuple heureux.

Dogme : système affirmant des vérités péremptoires ou catégoriques et excluant par là les modes de pensée fondés sur l'expérience et le réel.

E

Empirisme : méthode de pensée ne s'appuyant que sur l'expérience.

Épicurisme : sagesse hérité de l'Antiquité (Épicure, Lucrèce) qui consiste à fonder le bonheur sur l'harmonie en soi et avec le monde.

Épilogue : situation finale du récit, il présente un jugement implicite ou explicite qui oriente la compréhension de l'histoire.

Éthique : système moral définissant le bien et le mal pour permettre la vie en société.

Ethnocentrisme : attitude fondée sur la certitude d'appartenir à une civilisation supérieure à toutes les autres.

Extranéité : le statut d'étranger à un univers, à une civilisation dont les fondements sont incompréhensibles à celui qui vient de l'extérieur.

H

Heuristique : qui se donne des critères de recherche en vue d'une découverte.

L

Libelle : petit écrit satirique, souvent diffamatoire, qui s'attaque à une personne ou une institution.

M

Métaphysique : recherche visant à connaître de l'existence de Dieu, de l'âme, de la transcendance.

P

Pamphlet : écrit satirique, bref et violent, souvent lié à l'actualité sociale ou politique. De là vient l'adjectif pamphlétaire.

Paratexte : l'ensemble des énoncés qui entourent un texte, titre, sous-titre, préface, postface, dédicace, table des matières…

Paroxystique : qui atteint le paroxysme, excitation au plus haut degré d'un sentiment ou d'un état.

Pathétique : registre qui utilise des effets visant à émouvoir le lecteur.

Pathos : insistance mélodramatique sur les effets pathétiques.

Physiocratie : théorie économique proposée au XVIIIe siècle par Quesnay et fondant la prospérité de la nation sur la liberté du travail, des échanges commerciaux, de la circulation des savoirs et des richesses. Cette théorie, à l'origine des thèses économistes modernes, constitua une véritable «école» dont les partisans s'appelèrent «les Physiocrates».

Picaresque : registre trivial et cocasse qui fait référence aux romans d'aventures mettant en scène un héros marginal, miséreux et contestataire.

Polémique : débat d'idées violent qui a donné l'adjectif désignant un ton agressif.

Positiviste : qui croit que les sciences peuvent résoudre tous les maux des hommes et faire leur bonheur.

Pragmatique : qui accorde la première place à l'action, à la pratique.

Progressiste : qui a des idées politiques et sociales avancées.

Propédeutique : enseignement préparatoire à une réflexion complexe.

Providentialisme : théorie affirmant l'intervention de Dieu dans des événements et des destins humains pour des fins connues de lui seul.

R

Relativisme : doctrine soutenant la relativité des connaissances et des civilisations.

Rhétorique : art de présenter les idées de la façon la plus rationnelle et la plus persuasive possible.

Rigorisme : sévérité extrême en matière de morale.

Roman sensible : roman de mœurs mis à la mode par les auteurs anglais du XVIIIe siècle et développant particulièrement le pathétique des sentiments et des situations.

S

Saynète : court texte théâtral se limitant à une seule scène.

Scénographie : mise en scène littéraire qui crée l'effet d'une représentation visuelle.

Scepticisme : doctrine de l'Antiquité qui postule l'impuissance de l'homme à atteindre toute vérité absolue.

Schéma narratif : structure qui organise le discours narratif en cinq étapes fondamentales : une *situation initiale* détruite par un *élément perturbateur*, donnant lieu à une suite de péripéties appelées *dynamique*, qu'un *élément résoluteur* ramène à l'équilibre de la *situation finale*, nécessaire transformation de la situation initiale.

Séide : homme d'un dévouement aveugle et fanatique.

Sophistique : qui adopte l'attitude des sophistes, rhéteurs grecs utilisant des arguments discutables.

Stoïcien : adepte de la doctrine antique fondant le bonheur sur la vertu et la fermeté d'âme face à la douleur.

T

Topos (Topoi) : lieu commun, passage attendu dans les différents types de discours littéraire.

Aubin Imprimeur
LIGUGÉ, POITIERS

Achevé d'imprimer en septembre 2002
N° d'édition 701.0091/01 / N° d'impression L 64114
Dépôt légal, septembre 2002
Imprimé en France